FREMDSPRACHENTEXTE · FRANZÖSISCH

Jean-Paul Sartre

La Putain respectueuse

Pièce en un acte et deux tableaux

Herausgegeben von
Bernd Krauss

Reclam

RECLAMS UNIVERSAL-BIBLIOTHEK Nr. 19825
2012 Philipp Reclam jun. GmbH & Co. KG,
Siemensstraße 32, 71254 Ditzingen
info@reclam.de

Umschlagfoto: Die österreichische Film- und Theaterschauspielerin Hilde Krahl mit Karl John in dem Sartre-Stück *Die ehrbare Dirne* im April 1949 an den Hamburger Kammerspielen.

Druck und Bindung: Elanders Waiblingen GmbH,
Anton-Schmidt-Straße 15, 71332 Waiblingen
Printed in Germany 2025
RECLAM, UNIVERSAL-BIBLIOTHEK und
RECLAMS UNIVERSAL-BIBLIOTHEK sind eingetragene Marken der Philipp Reclam jun. GmbH & Co. KG, Stuttgart
ISBN 978-3-15-019825-4
reclam.de

À Michel et à Zette Leiris

[Titel] **la putain** (pop.): Hure, Nutte.
respectueux, -euse: respektvoll.
[Widmung] **Leiris:** Michel Leiris (1901–90), französischer Schriftsteller und Ethnologe, Mitbegründer von *Les Temps modernes*. Seit 1926 war er mit Louise Godon, genannt »Zette«, verheiratet.

Personnages

LIZZIE	*Héléna Bossis*
LE NÈGRE	*Habib Benglia*
FRED	*Yves Vincent*
JOHN	*Roland Bailly*
JAMES	*Michel Jourdan*
LE SÉNATEUR	*Robert Moor*
PREMIER HOMME	*Eugène Durand*
DEUXIÈME HOMME	*Maïk*
TROISIÈME HOMME	*Claude Régy*

Décor

Une chambre meublée quelque part dans le sud des États-Unis.

La Putain respectueuse *a été présenté pour la première fois au théâtre Antoine (direction Simone Berriau) le 8 novembre 1946.*

Premier tableau

Une chambre dans une ville américaine du Sud. Murs blancs. Un divan. À droite, une fenêtre, à gauche une porte (salle de bains). Au fond, une petite antichambre donnant sur la porte d'entrée.

Scène I

LIZZIE, *puis* LE NÈGRE

Avant que le rideau se lève, bruit de tempête sur la scène. Lizzie est seule, en bras de chemise, elle manœuvre l'aspirateur. On sonne. Elle hésite, regarde vers la porte de la salle de bains. On sonne à nouveau. Elle arrête l'aspirateur et va entrouvrir la porte de la salle de bains.

5 **une antichambre:** Vorzimmer.
donner sur qc: zu etwas hinführen.
8 **le rideau:** Vorhang.
un bruit de tempête: hier: Höllenlärm.
9 **en bras de chemise:** in Hemdsärmeln, ohne Jacke.
9f. **manœuvrer l'aspirateur** (m.): mit dem Staubsauger hantieren (*manœuvrer qc:* etwas bedienen, handhaben).
12 **entrouvrir:** ein wenig öffnen.

LIZZIE (*à mi-voix*). On sonne, ne te montre pas. (*Elle va ouvrir. Le Nègre apparaît dans le cadre de la porte. C'est un gros et grand nègre à cheveux blancs. Il se tient raide.*) Qu'est-ce que c'est? Vous devez vous tromper d'adresse. (*Un temps.*) Mais qu'est-ce que vous voulez? Parlez donc.

LE NÈGRE (*suppliant*). S'il vous plaît, madame, s'il vous plaît.

LIZZIE. De quoi? (*Elle le regarde mieux.*) Attends. C'est toi qui étais dans le train? Tu as pu leur échapper? Comment as-tu trouvé mon adresse?

LE NÈGRE. Je l'ai cherchée, madame. Je l'ai cherchée partout. (*Il fait un geste pour entrer.*) S'il vous plaît!

LIZZIE. N'entre pas. J'ai quelqu'un. Mais qu'est-ce que tu veux?

LE NÈGRE. S'il vous plaît.

LIZZIE. Mais quoi? quoi? tu veux de l'argent?

LE NÈGRE. Non, madame. (*Un temps.*) S'il vous plaît, dites-lui que je n'ai rien fait.

LIZZIE. À qui?

LE NÈGRE. Au juge. Dites-le-lui, madame. S'il vous plaît, dites-le-lui.

1 **à mi-voix:** mit halblauter Stimme.
4 **raide** (adj.): starr, unbeweglich.
5 **un temps:** (kurze) Zeit, Moment; hier: Pause.
7 **supplier qn (de faire qc):** jdn. anflehen, inständig bitten (etwas zu tun).
9 **de quoi?** (fam.): was ist los?
11 **échapper à qn:** jdm. entkommen.

LIZZIE. Je ne dirai rien du tout.

LE NÈGRE. S'il vous plaît.

LIZZIE. Rien du tout. J'ai assez d'embêtements dans ma propre vie, je ne veux pas m'appuyer ceux des autres. Va-t'en.

LE NÈGRE. Vous savez que je n'ai rien fait. Est-ce que j'ai fait quelque chose?

LIZZIE. Tu n'as rien fait. Mais je n'irai pas chez le juge. Les juges et les flics, je les rends par les trous de nez.

LE NÈGRE. J'ai quitté ma femme et mes enfants, j'ai tourné en rond toute la nuit. Je n'en peux plus.

LIZZIE. Quitte la ville.

LE NÈGRE. Ils guettent dans les gares.

LIZZIE. Qui est-ce qui guette?

LE NÈGRE. Les Blancs.

LIZZIE. Quels Blancs?

LE NÈGRE. Tous les Blancs. Vous n'êtes pas sortie ce matin?

LIZZIE. Non.

LE NÈGRE. Il y a beaucoup de gens dans les rues.

3 **les embêtements** (m. pl.): Scherereien, Ärger.
4 **ma propre vie:** mein eigenes Leben.
s'appuyer qc (fam.): sich mit etwas belasten, etwas auf dem Hals haben (*un appui:* Unterstützung, Hilfe).
9f. **rendre qn/qc par les trous de nez:** von jdm./etwas die Nase voll haben.
12 **tourner en rond:** umherirren.
14 **guetter:** Ausschau halten, lauern (*guetter qn:* jdm. auflauern).

Des jeunes et des vieux; ils s'abordent sans se connaître.

LIZZIE. Qu'est-ce que ça veut dire?

LE NÈGRE. Ça veut dire qu'il ne me reste plus qu'à courir en rond jusqu'à ce qu'ils m'attrapent. Quand des Blancs qui ne se connaissent pas se mettent à parler entre eux, il y a un nègre qui va mourir. (*Un temps.*) Dites que je n'ai rien fait, madame. Dites-le au juge; dites-le aux gens du journal. Peut-être qu'ils l'imprimeront. Dites-le, madame, dites-le! dites-le!

LIZZIE. Ne crie pas. J'ai quelqu'un. (*Un temps.*) Pour le journal, n'y compte pas. C'est pas le moment de me faire remarquer. (*Un temps.*) S'ils me forcent à témoigner, je te promets de dire la vérité.

LE NÈGRE. Vous leur direz que je n'ai rien fait?

LIZZIE. Je leur dirai.

LE NÈGRE. Vous me le jurez, madame?

LIZZIE. Oui, oui.

LE NÈGRE. Sur le Bon Dieu qui nous voit.

LIZZIE. Oh! va te faire foutre. Je te le promets, ça

1 **aborder qn:** jdn. ansprechen.
13 **n'y compte pas:** rechne nicht damit (*compter sur qc:* mit etwas rechnen).
14 **se faire remarquer:** auffallen, auf sich aufmerksam machen.
14f. **forcer qn à faire qc:** jdn. zwingen etwas zu tun.
15 **témoigner:** aussagen, bezeugen (*le témoignage:* Zeugenaussage).
18 **jurer qc à qn:** jdm. etwas schwören.
21 **va te faire foutre** (pop.): hier: hau ab, verschwinde.

doit te suffire. (*Un temps.*) Mais va-t'en! Va-t'en donc!

LE NÈGRE (*brusquement*). S'il vous plaît, cachez-moi.

LIZZIE. Te cacher?

LE NÈGRE. Vous ne voulez pas, madame? Vous ne voulez pas?

LIZZIE. Te cacher! Moi? Tiens. (*Elle lui claque la porte au nez.*) Pas d'histoires. (*Elle se tourne vers la salle de bains.*) Tu peux sortir.

Fred sort en bras de chemise, sans col ni cravate.

Scène II

LIZZIE, FRED

FRED. Qu'est-ce que c'était?

LIZZIE. C'était rien.

FRED. Je croyais que c'était la police.

LIZZIE. La police? Tu as quelque chose à faire avec la police?

FRED. Moi, non. Je croyais que c'était pour toi.

1 **suffire à qn:** jdm. genügen.
s'en aller: weggehen.

8f. **claquer la porte au nez de qn:** jdm. die Tür vor der Nase zuschlagen.

9 **pas d'histoires** (fam.): mach keine Schwierigkeiten!

11 **le col:** Kragen.

LIZZIE (*offensée*). Dis donc! Je n'ai jamais pris un sou à personne!

FRED. Et tu n'as jamais eu affaire à la police?

LIZZIE. Pas pour des vols, en tout cas.

Elle s'active avec l'aspirateur. Bruit de tempête.

FRED (*agacé par le bruit*). Ha!

LIZZIE (*criant pour se faire entendre*). Qu'est-ce qu'il y a, mon chéri?

FRED (*criant*). Tu me casses les oreilles.

LIZZIE (*criant*). J'ai bientôt fini. (*Un temps.*) Je suis comme ça.

FRED (*criant*). Comment?

LIZZIE (*criant*). Je te dis que je suis comme ça.

FRED (*criant*). Comme quoi?

LIZZIE (*criant*). Comme ça. Le lendemain matin, c'est plus fort que moi: il faut que je prenne un bain et que je passe l'aspirateur.

Elle abandonne l'aspirateur.

FRED (*désignant le lit*). Pendant que tu y es, couvre ça.

1 **offenser qn:** jdn. beleidigen.
4 **le vol:** Diebstahl.
en tout cas: jedenfalls (*le cas:* Fall).
5 **s'activer avec qc:** sich mit etwas eifrig betätigen.
6 **agacer qn:** jdn. ärgern, jdm. auf die Nerven gehen.
9 **casser les oreilles à qn** (fig.): jdn. (durch Lärm) auf die Palme bringen.
15 **le lendemain matin:** am nächsten Morgen, am Morgen danach (*le lendemain:* nächster, folgender Tag).
19 **désigner qc/qn:** auf etwas/jdn. zeigen.
pendant que tu y es: wenn du schon mal dabei bist.

LIZZIE. Quoi?

FRED. Le lit. Je te dis de le couvrir. Ça sent le péché.

LIZZIE. Le péché? Où vas-tu chercher ce que tu dis? Tu es pasteur?

FRED. Non. Pourquoi?

LIZZIE. Tu parles comme la Bible. (*Elle le regarde.*) Non, tu n'es pas pasteur: tu te soignes trop. Fais voir tes bagues. (*Avec admiration.*) Oh, dis donc! dis donc! Tu es riche?

FRED. Oui.

LIZZIE. Très riche?

FRED. Très.

LIZZIE. Tant mieux. (*Elle lui met les bras autour du cou et lui tend ses lèvres.*) Je trouve que c'est mieux pour un homme, d'être riche, ça donne confiance.

Il hésite à l'embrasser, puis se détourne.

FRED. Couvre le lit.

LIZZIE. Bon. Bon, bon! Je vais le couvrir. (*Elle le couvre et rit toute seule.*) «Ça sent le péché!» J'aurais pas trouvé ça. Dis donc, c'est *ton* péché, mon chéri. (*Geste de Fred.*) Oui, oui: c'est le mien aussi. Mais j'en ai tant sur la conscience …

2 **le péché:** Sünde.
7 **se soigner:** sich pflegen.
8 **la bague:** Ring.
16 **la confiance:** Vertrauen.
17 **se détourner:** sich abwenden.
23 **la conscience:** Gewissen.

(*Elle s'assied sur le lit et force Fred à s'asseoir près d'elle.*) Viens. Viens t'asseoir sur *notre* péché. C'était un beau péché, hein? Un péché mignon. (*Elle rit.*) Mais ne baisse pas les yeux. Est-ce que je te fais peur? (*Fred la serre brutalement contre lui.*) Tu me fais mal! Tu me fais mal! (*Il la lâche.*) Drôle de pistolet! Tu n'as pas l'air bon. (*Un temps.*) Dis-moi ton petit nom. Tu ne veux pas? Ça me gêne, tu sais, de ne pas savoir ton petit nom. Ça sera bien la première fois. Le nom de famille, c'est bien rare s'ils le disent, et je les comprends. Mais le petit nom! Comment veux-tu que je vous distingue les uns des autres si je ne sais pas vos petits noms? Dis-le-moi, dis-le-moi, mon chéri.

FRED. Non.

LIZZIE. Alors, tu seras Monsieur sans nom. (*Elle se lève.*) Attends. Je vais finir de ranger. (*Elle déplace quelques objets.*) Là. Là. Tout est en ordre. Les chaises en rond autour de la table: c'est plus distingué. Tu ne connais pas un marchand de gravures? Je voudrais mettre des images au mur. J'en ai une dans ma malle, une belle.

5 **serrer qn contre soi:** jdn. an sich pressen.
7 f. **avoir l'air bon:** freundlich aussehen (*l'air:* Aussehen).
8 **le petit nom:** Vorname.
9 **gêner qn:** stören (*se gêner:* sich Zwang antun).
21 f. **le marchand de gravures:** Kunsthändler (*la gravure:* Grafik, Stich).
23 **la malle:** großer Reisekoffer, Überseekoffer.

La Cruche cassée, ça s'appelle: on voit une jeune fille; elle a cassé sa cruche, la pauvre. C'est français.

FRED. Quelle cruche?

LIZZIE. Je ne sais pas, moi: sa cruche. Elle devait avoir une cruche. Je voudrais une vieille grand-mère pour lui faire pendant. Elle tricoterait ou elle raconterait une histoire à ses petits-enfants. Ah! je vais tirer les rideaux et ouvrir la fenêtre. (*Elle le fait.*) Ce qu'il fait beau! Voilà une journée qui commence. (*Elle s'étire.*) Ha! je me sens à mon aise: il fait beau, j'ai pris un bon bain, j'ai bien fait l'amour; ce que je suis bien, ce que je me sens bien! Viens voir ma vue; viens! J'ai une belle vue. Rien que des arbres, ça fait riche. Dis donc, j'ai eu du pot: du premier coup j'ai trouvé une chambre dans les beaux quartiers. Tu ne viens pas? Tu n'aimes donc pas ta ville?

FRED. Je l'aime de ma fenêtre.

LIZZIE (*brusquement*). Ça ne porte pas malheur, au moins, de voir un nègre au réveil?

FRED. Pourquoi?

1 **la cruche:** Krug.
7 **faire pendant à qc/qn:** das Pendant, Gegenstück zu etwas sein.
tricoter qc: etwas stricken.
11 **s'étirer:** sich strecken.
11 f. **se sentir à son aise:** sich wohlfühlen.
14 **la vue:** Aussicht, Ausblick.
16 **avoir du pot** (fam.): Glück, Schwein haben.
du premier coup: auf Anhieb.

LIZZIE. Je … il y en a un qui passe sur le trottoir d'en face.

FRED. Ça porte toujours malheur de voir des nègres. Les nègres, c'est le diable. (*Un temps.*) Ferme la fenêtre.

LIZZIE. Tu ne veux pas que j'aère?

FRED. Je te dis de fermer la fenêtre. Bon. Et tire les rideaux. Rallume.

LIZZIE. Pourquoi? C'est à cause des nègres?

FRED. Imbécile.

LIZZIE. Il fait un si beau soleil.

FRED. Pas de soleil ici. Je veux que ta chambre reste comme elle était cette nuit. Ferme la fenêtre, je te dis. Le soleil, je le retrouverai dehors.

Il se lève, va vers elle et la regarde.

LIZZIE (*vaguement inquiète*). Qu'est-ce qu'il y a?

FRED. Rien. Donne-moi ma cravate.

LIZZIE. Elle est dans la salle de bains. (*Elle sort. Fred ouvre rapidement les tiroirs de la table et fouille. Lizzie rentre avec la cravate.*) La voilà! Attends. (*Elle lui fait le nœud.*) Tu sais, je ne fais pas souvent le client de passage parce qu'il faut voir trop de figures nouvelles. Mon idéal, ce se-

6 **aérer qc:** etwas lüften.
10 **un/une imbécile:** Idiot(in), Dummkopf.
16 **vaguement:** unbestimmt, vage; hier: etwas.
inquiet, -ète: unruhig, beunruhigt.
20 **fouiller qc:** in etwas herumwühlen.
22 **le client de passage** (m): Durchreisender, Kunde für eine Nacht.

rait d'être une chère habitude pour trois ou quatre personnes d'un certain âge, un le mardi, un le jeudi, un pour le week-end. Je te dis ça: tu es un peu jeune, mais tu as le genre sérieux, des fois que tu te sentirais tenté. Bon, bon, je dis plus rien. Tu y réfléchiras! Là! Là! Tu es beau comme un astre. Embrasse-moi, mon joli; embrasse-moi pour la peine. Tu ne veux pas m'embrasser?

Il l'embrasse brusquement et brutalement puis la repousse.

Ouf!

FRED. Tu es le diable.

LIZZIE. Hein?

FRED. Tu es le diable.

LIZZIE. Encore la Bible! Qu'est-ce qui te prend?

FRED. Rien. Je me marrais.

LIZZIE. Tu as de drôles de façons de te marrer. (*Un temps.*) Tu es content?

FRED. Content de quoi?

LIZZIE (*elle l'imite en souriant*). Content de quoi? Que tu es bête, ma petite fille.

1 **une habitude:** Gewohnheit (*s'habituer à qc:* sich an etwas gewöhnen).
4f. **des fois que** (fam.): manchmal, wenn.
5 **tenter qn:** jdn. in Versuchung führen, reizen.
7 **un astre:** Stern.
8 **la peine:** Mühe.
16 **se marrer** (fam.): sich amüsieren, sich kaputtlachen.
17 **drôle:** hier: merkwürdig.

FRED. Ah! Ah oui … Très content. Très content. Combien veux-tu?

LIZZIE. Qui est-ce qui te cause de ça? Je te demande si tu es content, tu peux bien me répondre gentiment. Qu'est-ce qu'il y a? Tu n'es pas vraiment content? Oh! ça m'étonnerait, tu sais, ça m'étonnerait.

FRED. Ferme-la.

LIZZIE. Tu me serrais fort, tellement fort. Et puis tu m'as dit tout bas que tu m'aimais.

FRED. Tu étais saoule.

LIZZIE. Non, je n'étais pas saoule.

FRED. Si, tu étais saoule.

LIZZIE. Je te dis que non.

FRED. En tout cas, moi je l'étais. Je ne me rappelle rien.

LIZZIE. C'est dommage. Je me suis déshabillée dans la salle de bains et quand je suis retournée près de toi, tu es devenu tout rouge, tu ne te rappelles pas? Même que j'ai dit: «Voilà mon écrevisse.» Tu ne te rappelles pas que tu as voulu éteindre la lumière et que tu m'as aimée dans le noir? J'ai trouvé ça gentil et respectueux. Tu ne te rappelles pas?

3 **causer de qc:** von etwas reden, sprechen.
8 **ferme-la** (pop.): halt die Schnauze.
10 **bas** (adv.): hier: leise.
11 **saoul, e:** betrunken.
20 **une écrevisse:** Flusskrebs (*rouge comme une écrevisse:* krebsrot).

FRED. Non.

LIZZIE. Et quand on jouait aux deux nouveau-nés qui sont dans le même berceau? Ça, tu te rappelles?

FRED. Je te dis de la boucler. Ce qu'on fait la nuit appartient à la nuit. Le jour, on n'en parle pas.

LIZZIE (*avec défi*). Et si ça me fait plaisir d'en parler? J'ai bien rigolé, tu sais.

FRED. Ah! tu as bien rigolé! (*Il marche sur elle, lui caresse doucement les épaules et referme ses mains autour de son cou.*) Ça vous fait toujours rigoler quand vous croyez avoir entortillé un homme. (*Un temps.*) Je l'ai oubliée, ta nuit. Complètement oubliée. Je revois le dancing, c'est tout. Le reste, c'est toi qui te le rappelles, toi seule. (*Il lui serre le cou.*)

LIZZIE. Qu'est-ce que tu fais?

FRED. Je te serre le cou.

LIZZIE. Tu me fais mal.

FRED. Toi seule. Si je serrais un tout petit peu plus, il n'y aurait plus personne au monde pour se rappeler cette nuit. (*Il la lâche.*) Combien veux-tu?

LIZZIE. Si tu as oublié, c'est que j'ai mal travaillé. Je ne veux pas que tu paies de l'ouvrage mal faite.

3 **le berceau:** Wiege.
5 **la boucler:** *boucler la gueule* (fam.): das Maul halten.
7 **le défi:** Herausforderung.
8 **rigoler** (fam.): Spaß haben.
12 **entortiller qn:** jdn. um den Finger wickeln.
24 **une ouvrage** (fam.): Arbeit.

FRED. Pas d'histoires: combien?

LIZZIE. Écoute donc; je suis ici depuis avant-hier, tu es le premier qui me fait visite: au premier je me donne pour rien, ça me portera bonheur.

FRED. Je n'ai pas besoin de tes cadeaux. (*Il pose un billet de dix dollars sur la table.*)

LIZZIE. Je n'en veux pas de ton fafiot, mais je vais voir à combien tu m'estimes. Attends, que je devine! (*Elle prend le billet et ferme les yeux.*) Quarante dollars? Non. C'est trop et puis il y aurait deux billets. Vingt dollars? Non plus? Alors, c'est que c'est plus de quarante dollars. Cinquante. Cent? (*Pendant tout ce temps, Fred la regarde en riant silencieusement.*) Tant pis, j'ouvre les yeux. (*Elle regarde le billet.*) Tu ne t'es pas trompé?

FRED. Je ne crois pas.

LIZZIE. Tu sais ce que tu m'as donné?

FRED. Oui.

LIZZIE. Reprends-le. Reprends-le tout de suite. (*Il le refuse du geste.*) Dix dollars! Dix dollars! On t'en foutra, des jeunes filles comme moi, pour dix dollars! Tu les as vues, mes jambes? (*Elle les lui montre.*) Et mes seins, tu les as vus? Est-ce

5 **le cadeau:** Geschenk.
7 **le fafiot** (fam.): Geld(schein), Kohle.
8 **estimer qn:** jdn. schätzen, achten.
8f. **deviner qc:** raten, etwas erraten.
20 **refuser qc:** etwas ablehnen.
20f. **on t'en foutra** (fam.): das könnte dir so passen.
23 **les seins** (m. pl.): Busen.

que ce sont des seins de dix dollars? Reprends ton billet et tire-toi, avant que je me fiche en colère. Dix dollars! Monsieur m'embrassait partout, Monsieur voulait tout le temps recommencer, Monsieur m'a demandé de lui raconter mon enfance; et, ce matin, Monsieur s'est offert des mauvaises humeurs, il m'a fait la gueule comme s'il me payait au mois: tout ça pour combien? Pas pour quarante, pas pour trente, pas pour vingt: pour *dix* dollars.

FRED. Pour une cochonnerie, c'est large.

LIZZIE. Cochon toi-même! D'où sors-tu, paysan? Ta mère devait être une fière traînée, si elle ne t'a pas appris à respecter les femmes.

FRED. Vas-tu te taire?

LIZZIE. Une fière traînée! Une fière traînée.

FRED (*d'une voix blanche*). Un conseil, ma petite: ne parle pas trop souvent de leurs mères aux gars de chez nous, si tu ne veux pas te faire étrangler.

2 **se tirer** (fam.): abhauen, verschwinden.
2f. **se ficher en colère** (f.; fam.): eine Stinkwut bekommen.
6 **s'offrir qc:** sich etwas leisten.
7 **faire la gueule à qn** (fam.): auf jdn. sauer sein.
11 **large:** hier: großzügig.
13 **la traînée** (fam.): Schlampe.
17 **d'une voix blanche:** mit tonloser Stimme.
19 **le gars:** Kerl, Junge.
19f. **étrangler qn:** jdn. erwürgen.

LIZZIE (*marchant sur lui*). Étrangle-moi donc! Étrangle-moi pour voir!

FRED (*reculant*). Tiens-toi tranquille. (*Lizzie prend une potiche sur la table dans l'intention évidente de la lui casser sur la tête.*) Voilà dix dollars de plus, mais tiens-toi tranquille. Tiens-toi tranquille ou je te fais boucler!

LIZZIE. Toi, tu me ferais boucler?

FRED. Moi.

LIZZIE. Toi?

FRED. Moi.

LIZZIE. Ça m'étonnerait.

FRED. Je suis le fils de Clarke.

LIZZIE. Quel Clarke?

FRED. Le sénateur.

LIZZIE. Vraiment? Et moi je suis la fille de Roosevelt.

FRED. Tu as vu la tête de Clarke dans les journaux?

LIZZIE. Oui … Après?

FRED. Le voilà. (*Il montre une photo.*) Je suis à côté de lui, il me tient par l'épaule.

LIZZIE (*subitement calmée*). Dis donc! Ce qu'il est bien, ton père! Laisse-moi voir.

Fred lui arrache la photo des mains.

2 **pour voir:** hier: versuch es doch.
4 **la potiche:** große Vase.
7 **boucler qn** (fam.): jdn. einbuchten.
16f. **Roosevelt:** Franklin Delano R., Präsident der Vereinigten Staaten von 1933 bis 1945.

FRED. Ça suffit.

LIZZIE. Ce qu'il est bien. Il a l'air si juste, si sévère! C'est vrai ce qu'on dit, que sa parole est de miel? (*Il ne répond pas.*) Le jardin, il est à vous?

FRED. Oui.

LIZZIE. Il a l'air si grand. Et les petites sur les fauteuils, ce sont tes sœurs? (*Il ne répond pas.*) Elle est sur la colline, ta maison?

FRED. Oui.

LIZZIE. Alors, le matin, quand tu prends ton breakfast, tu vois toute la ville de ta fenêtre?

FRED. Oui.

LIZZIE. Est-ce qu'on sonne la cloche, aux heures des repas, pour vous appeler? Tu peux bien me répondre.

FRED. On tape sur un gong.

LIZZIE (*extasiée*). Sur un gong! Je te comprends pas. Moi, avec une famille pareille et une pareille maison, faudrait me payer pour que je découche. (*Un temps.*) Pour ta maman, je m'excuse: j'étais en colère. Est-ce qu'elle est aussi sur la photo?

FRED. Je t'ai défendu de me parler d'elle.

LIZZIE. Bon, bon. (*Un temps.*) Je peux te poser une question? (*Il ne répond pas.*) Si l'amour te dégoûte, qu'est-ce que tu es venu faire chez moi?

17 **extasié, e:** begeistert.
19 f. **découcher:** auswärts (nicht zu Hause) schlafen.
25 f. **dégoûter qn:** jdn. anekeln.

(*Il ne répond pas. Elle soupire.*) Enfin! À tant faire que d'être ici, j'essaierai de m'habituer à vos manières.

Un temps. Fred se donne un coup de peigne devant la glace.

FRED. Tu viens du Nord?

LIZZIE. Oui.

FRED. De New York?

LIZZIE. Qu'est-ce que ça peut te faire?

FRED. Tu as parlé de New York tout à l'heure.

LIZZIE. Tout le monde peut parler de New York, ça ne prouve rien.

FRED. Pourquoi n'es-tu pas restée là-bas?

LIZZIE. J'en avais marre.

FRED. Des ennuis?

LIZZIE. Bien sûr: je les attire, il y a des natures comme ça. Tu vois ce serpent? (*Elle lui montre le bracelet.*) Il porte la poisse.

FRED. Pourquoi le mets-tu?

LIZZIE. À présent que je l'ai, il faut que je le garde.

1 **soupirer:** seufzen.
1f. **à tant faire que d'être ici:** hier: da ich nun mal hier bin.
9 **qu'est-ce que ça peut te faire?:** was geht dich das an?
14 **avoir marre de qn/qc** (fam.): von jdm./etwas die Nase voll haben.
15 **un ennui:** Unannehmlichkeit, Problem.
16 **attirer qc/qn:** etwas/jdn. anziehen.
18 **le bracelet:** Armband.
porter la poisse à qn (fam.): jdm. Unglück bringen.
20 **garder qc:** etwas behalten.

Il paraît que c'est terrible, les vengeances de serpent.

FRED. C'est toi que le Nègre a voulu violer?

LIZZIE. Quoi?

FRED. Tu es arrivée avant-hier par le rapide de 6 heures?

LIZZIE. Oui.

FRED. Alors c'est bien toi.

LIZZIE. Personne n'a voulu me violer. (*Elle rit avec un peu d'amertume.*) Me violer! Tu te rends compte?

FRED. C'est toi, Webster me l'a dit hier, au dancing.

LIZZIE. Webster? (*Un temps.*) C'est donc ça!

FRED. Quoi?

LIZZIE. C'est donc ça que tes yeux brillaient. Ça t'excitait, hein? Salaud! Avec un père qui est si bon.

FRED. Imbécile! (*Un temps.*) Si je pensais que tu as couché avec un Noir ...

LIZZIE. Eh bien?

FRED. J'ai cinq domestiques de couleur. Quand on m'appelle au téléphone et que l'un d'eux

1 **la vengeance:** Rache.
3 **violer qn:** jdn. vergewaltigen.
10 **une amertume:** Bitterkeit.
15 **briller:** glänzen.
16 **exciter qn:** jdn. reizen, erregen.
le salaud (pop.): Dreckskerl, Schuft (*salaud*, adj.: [hunds]gemein).
21 **le/la domestique:** Dienstbote.

décroche l'appareil, il l'essuie avant de me le tendre.

LIZZIE (*sifflement admiratif*). Je vois.

FRED (*doucement*). Nous n'aimons pas beaucoup les nègres, ici. Ni les Blanches qui s'amusent avec eux.

LIZZIE. Suffit. J'ai rien contre eux, mais je ne voudrais pas qu'ils me touchent.

FRED. Est-ce qu'on sait? Tu es le diable. Le Nègre aussi est le diable … (*Brusquement.*) Alors? il a voulu te violer?

LIZZIE. Mais qu'est-ce que ça peut te faire?

FRED. Ils sont montés à deux dans ton compartiment. Au bout d'un moment, ils se sont jetés sur toi. Tu as appelé à l'aide et des Blancs sont venus. Un des nègres a tiré son rasoir et un Blanc l'a abattu d'un coup de revolver. L'autre nègre s'est sauvé!

LIZZIE. C'est ce que t'a raconté Webster?

FRED. Oui.

LIZZIE. D'où le savait-il?

FRED. Toute la ville en parle.

LIZZIE. Toute la ville? C'est bien ma veine. Vous n'avez donc rien d'autre à faire?

1 **décrocher qc:** (Telefonhörer) abheben.
4 **doucement:** leise, langsam (sprechen).
16 **le rasoir:** hier: Rasiermesser.
17 **abattre qn:** jdn. töten, umlegen.
23 **c'est bien ma veine** (fam.): ich Unglücksrabe (*la veine*, fam.: Glück).

FRED. Est-ce que les choses se sont passées comme je l'ai dit?

LIZZIE. Pas du tout. Les deux nègres se tenaient tranquilles et parlaient entre eux; ils ne m'ont même pas regardée. Après, quatre Blancs sont montés et il y en a deux qui m'ont serrée de près. Ils venaient de gagner un match de rugby, ils étaient saouls. Ils ont dit que ça sentait le nègre et ils ont voulu jeter les Noirs par la portière. Les autres se sont défendus comme ils ont pu; à la fin, un Blanc a reçu un coup de poing sur l'œil; c'est là qu'il a sorti son revolver et qu'il a tiré. C'est tout. L'autre nègre a sauté du train comme on arrivait en gare.

FRED. On le connaît. Il ne perdra rien pour attendre. (*Un temps.*) Quand on t'appellera chez le juge, c'est cette histoire-là que tu vas raconter?

LIZZIE. Mais qu'est-ce que ça peut te faire?

FRED. Réponds.

LIZZIE. Je n'irai pas chez le juge. Je te dis que j'ai horreur des complications.

FRED. Il faudra bien que tu y ailles.

6 **serrer qn de près:** jdn. hart bedrängen.
9 **la portière:** (Zug-, Auto-)Tür.
12 **sortir qc:** etwas herausziehen, -holen.
tirer: schießen.
15f. **il ne perdra rien pour attendre:** hier: früher oder später wird man ihn erwischen.
20f. **avoir horreur de qc/qn:** etwas/jdn. verabscheuen (*une horreur:* Entsetzen, Schrecken, Abscheu).

LIZZIE. Je n'irai pas. Je ne veux plus avoir affaire à la police.

FRED. Ils viendront te chercher.

LIZZIE. Alors je dirai ce que j'ai vu.

Un temps.

FRED. Est-ce que tu te rends bien compte de ce que tu vas faire?

LIZZIE. Qu'est-ce que je vais faire?

FRED. Tu vas témoigner contre un Blanc pour un Noir.

LIZZIE. Si c'est le Blanc qui est coupable.

FRED. Il n'est pas coupable.

LIZZIE. Puisqu'il a tué, il est coupable.

FRED. Coupable de quoi?

LIZZIE. D'avoir tué!

FRED. Mais c'est un nègre qu'il a tué.

LIZZIE. Eh bien?

FRED. Si on était coupable chaque fois qu'on tue un nègre …

LIZZIE. Il n'avait pas le droit.

FRED. Quel droit?

LIZZIE. Il n'avait pas le droit.

FRED. Il vient du Nord, ton droit. (*Un temps.*) Coupable ou non, tu ne peux pas faire punir un type de ta race.

LIZZIE. Je ne veux faire punir personne. On me demandera ce que j'ai vu et je le dirai.

Un temps. Fred marche sur elle.

FRED. Qu'est-ce qu'il y a entre toi et ce nègre? Pourquoi le protèges-tu?

LIZZIE. Je ne le connais même pas.

FRED. Alors?

LIZZIE. Je veux dire la vérité!

FRED. La vérité! Une putain à dix dollars qui veut dire la vérité! Il n'y a pas de vérité: il y a des Blancs et des Noirs, c'est tout. Dix-sept mille Blancs, vingt mille Noirs. Nous ne sommes pas à New York, ici: nous n'avons pas le droit de rigoler. (*Un temps.*) Thomas est mon cousin.

LIZZIE. Quoi?

FRED. Thomas, le type qui a tué: c'est mon cousin.

LIZZIE (*saisie*). Ah?

FRED. C'est un homme de bien. Ça ne te dit pas grand-chose; mais c'est un homme de bien.

LIZZIE. Un homme de bien qui se poussait tout le temps contre moi et qui essayait de relever mes jupes. Passe-moi l'homme de bien! Ça ne m'étonne pas que vous soyez de la même famille.

FRED (*levant la main*). Saloperie! (*Il se contient.*) Tu es le diable: avec le diable, on ne peut faire que le mal. Il a relevé tes jupes, il a tiré sur un sale nègre, la belle affaire; ce sont des gestes qu'on a

13 **un homme de bien:** Mann aus gutem Hause.
16 **relever qc:** etwas (hoch)heben.
17 **passe-moi ton/ta ...:** hier: geh mir bloß weg mit deinem/deiner ...
19 **la saloperie:** Sauerei (*la salope:* Miststück, Schlampe).
se contenir: sich beherrschen, sich zurückhalten.
22 **la belle affaire:** na und? was macht das schon?

sans y penser, ça ne compte pas. Thomas est un chef, voilà ce qui compte.

LIZZIE. Ça se peut. Mais le Nègre n'a rien fait.

FRED. Un nègre a toujours fait quelque chose.

LIZZIE. Jamais je ne donnerai un homme aux poulets.

FRED. Si ce n'est pas lui, ce sera Thomas. De toute façon, tu en donneras un. À toi de choisir.

LIZZIE. Et voilà. Je suis dans la crotte jusqu'au cou; pour changer. (*À son bracelet:*) Saleté, pourriture, tu n'en fais jamais d'autres! (*Elle le jette par terre.*)

FRED. Combien veux-tu?

LIZZIE. Je ne veux pas un sou.

FRED. Cinq cents dollars.

LIZZIE. Pas un sou.

FRED. Il te faudrait beaucoup plus d'une nuit pour gagner cinq cents dollars.

LIZZIE. Surtout si j'ai affaire à des pingres comme toi. (*Un temps.*) C'est donc pour ça que tu m'as fait signe hier soir?

5f. **le poulet** (fam.): Polizist, Bulle.
9 **je suis dans la crotte** (fam.): ich stecke in der Scheiße (*la crotte:* Dreck, Kot).
10 **pour changer:** hier: wieder mal.
la saleté (fam.): hier: Miststück.
10f. **la porriture:** hier: gemeines Biest.
11 **tu n'en fais jamais d'autres:** hier: was anderes fällt dir wohl nicht ein.
19 **le pingre:** Geizkragen.

FRED. Dame.

LIZZIE. C'est donc pour ça. Tu t'es dit: voilà la môme, je vais la raccompagner chez elle et je lui mettrai le marché en main. C'est donc pour ça! Tu me tripotais les mains mais tu étais froid comme la glace, tu pensais: comment que je vais lui amener ça? (*Un temps.*) Mais dis donc! Mais dis donc, mon petit gars … Si tu es monté pour me proposer ta combine, tu n'avais pas besoin de coucher avec moi. Hein? Pourquoi as-tu couché avec moi, salaud? Pourquoi as-tu couché avec moi?

FRED. Du diable si je le sais.

LIZZIE (*s'effondre en pleurant sur une chaise*). Salaud! Salaud! Salaud!

FRED. Cinq cents dollars! Ne chiale pas, bon Dieu! Cinq cents dollars! Ne chiale pas! Ne chiale pas. Allons, Lizzie! Lizzie! Sois raisonnable! Cinq cents dollars!

LIZZIE (*sanglotant*). Je ne suis pas raisonnable. Je

1 **dame** (fam.): na klar!
3 **le/la môme** (fam.): Kind, kleiner Junge / kleines Mädchen, Gör/Göre.
4 **mettre le marché en main** (fig.): jdn. vor die Wahl stellen.
5 **tripoter qc:** betatschen, tätscheln.
7 **amener qc à qn:** hier: jdm. etwas beibringen.
9 **la combine:** fauler Trick.
14 **s'effondrer:** in sich zusammensinken.
16 **chialer** (fam.): heulen, plärren.
20 **sangloter:** schluchzen (*le sanglot:* Schluchzer; *éclater en sanglots:* in Tränen ausbrechen).

ne veux pas de tes cinq cents dollars, je ne veux pas faire de faux témoignage! Je veux retourner à New York, je veux m'en aller! Je veux m'en aller! (*On sonne. Elle s'arrête net. On sonne encore une fois. À voix basse.*) Qu'est-ce que c'est? Tais-toi. (*Longue sonnerie.*) Je n'ouvrirai pas. Tiens-toi tranquille.

Coups dans la porte.

UNE VOIX. Ouvrez. Police.

LIZZIE (*à voix basse*). Les flics. Ça devait arriver. (*Elle montre le bracelet.*) C'est à cause de lui. (*Elle se baisse et le remet à son bras.*) Il vaut encore mieux que je le garde. Cache-toi.

Coups dans la porte.

LA VOIX. Police!

LIZZIE. Mais cache-toi donc. Va dans le cabinet de toilette. (*Il ne bouge pas. Elle le pousse de toutes ses forces.*) Mais va! Va donc!

LA VOIX. Tu es là, Fred? Fred? Tu es là?

FRED. Je suis là!

Il la repousse, elle le regarde avec stupeur.

LIZZIE. C'était donc pour ça!

Fred va ouvrir, John et James entrent.

4 **net** (adv.): abrupt.
12f. **il vaut mieux:** es ist besser (*valoir:* wert sein, kosten).
21 **la stupeur:** Verblüffung, Fassungslosigkeit, Bestürzung.

Scène III

LES MÊMES, JOHN *et* JAMES

La porte d'entrée reste ouverte.

JOHN. Police. Lizzie Mac Kay, c'est toi?

LIZZIE (*sans l'entendre, continue à regarder Fred*). C'était pour ça!

JOHN (*la secouant par l'épaule*). Réponds quand on te parle.

LIZZIE. Hein? Oui, c'est moi.

JOHN. Tes papiers.

LIZZIE (*elle s'est maîtrisée, durement*). De quel droit m'interrogez-vous? Qu'est-ce que vous venez faire chez moi? (*John montre son étoile.*) N'importe qui peut mettre une étoile. Vous êtes des copains à Monsieur et vous vous êtes entendus pour me faire chanter.

John lui met une carte sous le nez.

JOHN. Tu connais ça?

LIZZIE (*montrant James*). Et lui?

JOHN (*à James*). Montre ta carte. (*James la montre.*

7 **secouer qc/qn:** etwas/jdn. schütteln.
11 **se maîtriser:** sich beherrschen.
13 **une étoile:** hier: Sheriffstern.
13f. **n'importe qui:** irgendwer, jeder x-beliebige.
15f. **s'entendre pour faire qc:** sich darauf einigen etwas zu tun.
16 **faire chanter qn:** jdn. erpressen.

Lizzie la regarde, va à la table sans rien dire, en tire des papiers et les leur donne. Désignant Fred.) Tu l'as ramené chez toi, hier soir? Tu sais que la prostitution est un délit?

LIZZIE. Vous êtes tout à fait sûrs que vous avez le droit d'entrer chez les gens sans mandat? Vous ne craignez pas que je vous cause des ennuis?

JOHN. T'en fais pas pour nous. (*Un temps.*) On te demande si tu l'as ramené chez toi.

Elle a changé, depuis que les policiers sont entrés. Elle est devenue plus dure et plus vulgaire.

LIZZIE. Vous cassez pas la tête. Bien sûr, que je l'ai ramené chez moi. Seulement, j'ai fait l'amour gratis. Ça vous la coupe?

FRED. Vous trouverez deux billets de dix dollars sur la table. Ils sont à moi.

LIZZIE. Prouve-le.

FRED (*sans la regarder, aux deux autres*). Je les ai pris à la banque hier matin, avec vingt-huit autres de la même série. Vous n'aurez qu'à vérifier les numéros.

LIZZIE (*violemment*). Je les ai refusés. Je les ai refusés, ses sales fafiots. Je les lui ai jetés à la figure.

JOHN. Si tu les as refusés, comment se trouvent-ils sur la table?

4 **le délit:** Delikt, Straftat.
6 **le mandat:** richterlicher Auftrag, Durchsuchungsbefehl.
14 **ça vous la coupe** (fam.): da seid ihr platt.

LIZZIE (*après un silence*). Je suis faite. (*Elle regarde Fred avec une sorte de stupeur et, d'une voix presque douce.*) C'était donc pour ça? (*Aux autres.*) Alors? Qu'est-ce que vous voulez de moi?

JOHN. Assieds-toi. (*À Fred.*) Tu l'as mise au courant? (*Fred fait un signe de tête.*) Je te dis de t'asseoir. (*Il la jette dans un fauteuil.*) Le juge est d'accord pour relâcher Thomas, s'il a ton témoignage écrit. On l'a rédigé pour toi, tu n'as qu'à signer. Demain, on t'interrogera régulièrement. Tu sais lire? (*Lizzie hausse les épaules, il lui tend un papier.*) Lis et signe.

LIZZIE. C'est faux d'un bout à l'autre.

JOHN. Ça se peut. Après?

LIZZIE. Je ne signerai pas.

FRED. Embarquez-la. (*À Lizzie.*) C'est dix-huit mois.

LIZZIE. Dix-huit mois, oui. Et quand je sortirai, je te ferai la peau.

1 **être fait, e** (fam.): geliefert sein.
6f. **mettre qn au courant de qc:** jdn. von etwas in Kenntnis setzen, in etwas einweihen.
9 **relâcher qn:** jdn. freilassen.
12 **hausser les épaules** (f.): mit den Schultern zucken (*hausser qc:* etwas heben, hochziehen).
13 **signer:** unterschreiben.
14 **d'un bout à l'autre:** von vorn bis hinten (*le bout:* Ende).
17 **embarquer qn** (fam.): einlochen.
20 **faire la peau à qn** (fam.): jdn. kaltmachen, umlegen.

FRED. Pas si je peux l'empêcher. (*Ils se regardent.*) Vous devriez télégraphier à New York; je crois qu'elle a eu des ennuis là-bas.

LIZZIE (*avec admiration*). Tu es salaud comme une femme. J'aurais jamais cru qu'un type puisse être aussi salaud.

JOHN. Décide-toi. Tu signes ou je t'emmène en taule.

LIZZIE. J'aime mieux la taule. Je ne veux pas mentir.

FRED. Pas mentir, roulure! Et qu'est-ce que tu as fait toute la nuit? Quand tu m'appelais mon chéri, mon amour, mon petit homme, tu ne mentais pas? Quand tu soupirais, pour me faire croire que je te donnais du plaisir, tu ne mentais pas?

LIZZIE (*avec défi*). Ça t'arrangerait, hein? Non, je ne mentais pas.

Ils se regardent. Fred détourne les yeux.

FRED. Finissons-en. Voilà mon stylo. Signe.

LIZZIE. Tu peux te l'accrocher.

Un silence. Les trois hommes sont embarrassés.

5 **le type** (fam.): Kerl, Mann.
7 **la taule** (fam.): Knast (*coller en taule:* einsperren, einbuchten).
8 **aimer mieux qc:** etwas lieber haben, vorziehen.
10 **la roulure** (vulg.): Nutte.
15 **arranger qn:** gelegen kommen (*s'arranger de qc:* mit etwas fertig werden, sich mit etwas abfinden).
19 **tu peux te l'accrocher** (fam.): den kannst du dir sonst wohin stecken.
20 **embarrasser qn:** jdn. in Verlegenheit, in eine unangenehme Situation bringen.

FRED. Et voilà! Voilà où nous en sommes! C'est le meilleur de la ville et son sort dépend des caprices d'une môme. (*Il marche de long en large, puis revient brusquement sur Lizzie.*) Regarde-le. (*Il lui montre une photo.*) Tu en as vu des hommes, dans ta chienne de vie. Y en a-t-il beaucoup qui lui ressemblent? Regarde ce front, regarde ce menton, regarde ses médailles sur son uniforme. Non, non: ne détourne pas les yeux. Va jusqu'au bout: c'est ta victime, il faut que tu la regardes en face. Tu vois comme il a l'air jeune, comme il a l'air fier, comme il est beau! Sois tranquille, quand il sortira de prison, après dix ans, il sera plus cassé qu'un vieillard, il aura perdu ses cheveux et ses dents. Tu peux être contente, c'est du beau travail. Jusqu'ici, tu chipais l'argent dans les poches; cette fois, tu as choisi le meilleur et tu lui prends la vie. Tu ne dis rien? Tu es donc pourrie jusqu'aux os? (*Il la jette à genoux.*) À genoux, putain! À genoux devant le portrait de l'homme que tu veux déshonorer!

Clarke entre par la porte qu'ils ont laissée ouverte.

2 **le sort:** Schicksal.
2 f. **le caprice:** Laune.
14 **le vieillard:** Greis.
16 **chiper qc** (fam.): etwas klauen.
19 **pourrir qn:** jdn. verderben.
21 **déshonorer qn:** jdn. entehren.

Scène IV

LES MÊMES, *plus* LE SÉNATEUR

LE SÉNATEUR. Lâche-la. (*À Lizzie.*) Relevez-vous.

FRED. Hello!

JOHN. Hello!

LE SÉNATEUR. Hello! Hello!

JOHN (*à Lizzie*). C'est le sénateur Clarke.

LE SÉNATEUR (*à Lizzie*). Hello!

LIZZIE. Hello!

LE SÉNATEUR. Bon. Les présentations sont faites. (*Il regarde Lizzie.*) Voilà donc cette jeune fille. Elle a l'air tout à fait sympathique.

FRED. Elle ne veut pas signer.

LE SÉNATEUR. Elle a parfaitement raison. Vous entrez chez elle sans en avoir le droit. (*Sur un geste de John, avec force.*) Sans en avoir le moindre droit; vous la brutalisez et vous voulez la faire parler contre sa conscience. Ce ne sont pas des procédés américains. Est-ce que le Nègre vous a violentée, mon enfant?

3 **se relever:** wieder aufstehen.
10 **faire les présentations** (f.): sich einander vorstellen.
14 **parfaitement:** völlig, vollkommen.
16 **avec force:** nachdrücklich.
16f. **le moindre droit:** das mindeste Recht.
17 **brutaliser qn:** jdn. grob behandeln, misshandeln.
19 **le procédé:** Vorgehensweise, Methode, Verhaltensweise.
20 **violenter qn:** jdm. Gewalt antun.

LIZZIE. Non.

LE SÉNATEUR. Parfait. Voilà qui est clair. Regardez-moi dans les yeux. (*Il la regarde.*) Je suis sûr qu'elle ne ment pas. (*Un temps.*) Pauvre Mary! (*Aux autres.*) Eh bien, garçons, venez. Nous n'avons plus rien à faire ici. Il ne nous reste qu'à nous excuser auprès de mademoiselle.

LIZZIE. Qui est Mary?

LE SÉNATEUR. Mary? C'est ma sœur, la mère de cet infortuné Thomas. Une pauvre chère vieille qui va en mourir. Au revoir, mon enfant.

LIZZIE (*d'une voix étranglée*). Sénateur!

LE SÉNATEUR. Mon enfant?

LIZZIE. Je regrette.

LE SÉNATEUR. Qu'y a-t-il à regretter, puisque vous avez dit la vérité?

LIZZIE. Je regrette que ce soit ... cette vérité-là.

LE SÉNATEUR. Nous n'y pouvons rien ni l'un ni l'autre et personne n'a le droit de vous demander un faux témoignage. (*Un temps.*) Non. Ne pensez plus à elle.

LIZZIE. À qui?

LE SÉNATEUR. À ma sœur. Vous ne pensiez pas à ma sœur?

LIZZIE. Si.

10 **infortuné, e:** unglückselig.
12 **d'une voix étranglée:** mit erstickter Stimme.
18 **qn n'y peut rien:** jd. kann nichts dafür, kann nichts dagegen tun.

LE SÉNATEUR. Je vois clair en vous, mon enfant. Voulez-vous que je vous dise ce qu'il y a dans votre tête? (*Imitant Lizzie.*) «Si je signais, le Sénateur irait la trouver chez elle, il lui dirait: 'Lizzie Mac Kay est une bonne fille; c'est elle qui te rend ton fils.' Et elle sourirait à travers ses larmes, elle dirait: 'Lizzie Mac Kay? Je n'oublierai pas ce nom-là.' Et moi qui suis sans famille, que le destin a reléguée au ban de la société, il y aurait une petite vieille toute simple qui penserait à moi dans sa grande maison, il y aurait une mère américaine qui m'adopterait dans son cœur.» Pauvre Lizzie, n'y pensez plus.

LIZZIE. Elle a les cheveux blancs?

LE SÉNATEUR. Tout blancs. Mais le visage est resté jeune. Et si vous connaissiez son sourire ... Elle ne sourira plus jamais. Adieu. Demain vous direz la vérité au juge.

LIZZIE. Vous partez?

LE SÉNATEUR. Eh bien, oui: je vais chez elle. Il faut que je lui rapporte notre conversation.

LIZZIE. Elle sait que vous êtes ici?

4 **aller trouver qn:** jdn. besuchen gehen.
6f. **à travers ses larmes** (f.): unter Tränen (*à travers qc:* durch etwas hindurch).
9 **le destin:** Schicksal, Los.
reléguer qn à qc: jdn. verbannen, abschieben.
mettre qn au ban de la société: jdn. ächten.
12 **adopter qn:** adoptieren, (an Kindes statt) annehmen.
21 **rapporter qc à qn:** jdm. von etwas berichten.

LE SÉNATEUR. C'est à sa prière que je suis venu.

LIZZIE. Mon Dieu! Et elle attend? Et vous allez lui dire que j'ai refusé de signer. Comme elle va me détester!

LE SÉNATEUR (*lui mettant les mains sur les épaules*). Ma pauvre enfant, je ne voudrais pas être à votre place.

LIZZIE. Quelle histoire! (*À son bracelet.*) C'est toi, saleté, qui es cause de tout.

LE SÉNATEUR. Comment?

LIZZIE. Rien. (*Un temps.*) Au point où en sont les choses, c'est malheureux que le Nègre ne m'ait pas violée pour de bon.

LE SÉNATEUR (*ému*). Mon enfant.

LIZZIE (*tristement*). Ça vous aurait fait tant plaisir et à moi ça m'aurait coûté si peu de peine.

LE SÉNATEUR. Merci! (*Un temps.*) Comme je voudrais vous aider. (*Un temps.*) Hélas, la vérité est la vérité.

LIZZIE (*tristement*). Ben oui.

LE SÉNATEUR. Et la vérité, c'est que le Nègre ne vous a pas violée.

LIZZIE (*même jeu*). Ben oui.

LE SÉNATEUR. Oui. (*Un temps.*) Bien entendu, il s'agit là d'une vérité du premier degré.

1 **la prière:** hier: Bitte.
11 f. **au point où en sont les choses** (f.): so, wie die Dinge liegen.
13 **pour de bon:** wirklich.
24 **bien entendu:** selbstverständlich, wohlgemerkt.

LIZZIE (*sans comprendre*). Du premier degré …

LE SÉNATEUR. Oui: je veux dire une vérité … populaire.

LIZZIE. Populaire? C'est pas la vérité?

LE SÉNATEUR. Si, si, c'est la vérité. Seulement … il y a plusieurs espèces de vérités.

LIZZIE. Vous pensez que le Nègre m'a violée?

LE SÉNATEUR. Non. Non, il ne vous a pas violée. D'un certain point de vue, il ne vous a pas violée du tout. Mais voyez-vous, je suis un vieil homme qui a beaucoup vécu, qui s'est souvent trompé et qui, depuis quelques années, se trompe un petit peu moins souvent. Et j'ai sur tout ceci une opinion différente de la vôtre.

LIZZIE. Mais quelle opinion?

LE SÉNATEUR. Comment vous expliquer? Tenez: imaginons que la nation américaine vous apparaisse tout à coup. Qu'est-ce qu'elle vous dirait?

LIZZIE (*effrayée*). Je suppose qu'elle n'aurait pas grand-chose à me dire.

LE SÉNATEUR. Vous êtes communiste?

LIZZIE. Quelle horreur: non!

LE SÉNATEUR. Alors, elle a beaucoup à vous dire. Elle vous dirait: «Lizzie, tu en es arrivée à ceci

16 **tenez** (interj.): schauen Sie mal!
17 f. **apparaître à qn:** jdm. erscheinen.
19 **effrayer qn:** jdn. erschrecken.
24 **tu en es arrivée à ceci:** hier: du bist an einem Punkt angekommen.

qu'il te faut choisir entre deux de mes fils. Il faut que l'un ou l'autre disparaisse. Que fait-on dans des cas pareils? On garde le meilleur. Eh bien, cherchons quel est le meilleur. Veux-tu?»

LIZZIE. Je veux bien. Oh, pardon! Je croyais que c'était vous qui parliez.

LE SÉNATEUR. Je parle en son nom. (*Il reprend.*) «Lizzie, ce nègre que tu protèges, à quoi sert-il? Il est né au hasard, Dieu sait où. Je l'ai nourri et lui, que fait-il pour moi en retour? Rien du tout, il traîne, il chaparde, il chante, il s'achète des complets rose et vert. C'est mon fils et je l'aime à l'égal de mes autres fils. Mais je te le demande: est-ce qu'il mène une vie d'homme? Je ne m'apercevrai même pas de sa mort.»

LIZZIE. Ce que vous parlez bien.

LE SÉNATEUR (*enchaînant*). «L'autre, au contraire, ce Thomas, il a tué un Noir, c'est très mal. Mais

2 **disparaître:** verschwinden.
9 **le hasard:** Zufall.
nourrir qn: jdn. ernähren.
10 **en retour:** im Gegenzug, als Gegenleistung (*le retour:* Rückkehr, Rückgabe).
11 **traîner:** trödeln, herumhängen.
chaparder qc: etwas klauen.
12 **le complet:** Anzug.
12f. **à l'égal** (m.) **de qn:** ebenso wie jd.
14 **mener qc:** hier: führen.
15 **s'apercevoir de qc:** etwas bemerken.
17 **enchaîner:** hier: fortfahren.

j'ai besoin de lui. C'est un Américain cent pour cent, le descendant d'une de nos plus vieilles familles, il a fait ses études à Harvard, il est officier – il me faut des officiers – il emploie deux mille ouvriers dans son usine – deux mille chômeurs s'il venait à mourir – c'est un chef, un solide rempart contre le communisme, le syndicalisme et les juifs. Il a le devoir de vivre et toi tu as le devoir de lui conserver la vie. C'est tout. À présent, choisis.»

LIZZIE. Ce que vous parlez bien.

LE SÉNATEUR. Choisis!

LIZZIE (*sursautant*). Hein? Ah oui ... (*Un temps.*) Vous m'avez embrouillée, je ne sais plus où j'en suis.

LE SÉNATEUR. Regardez-moi, Lizzie. Avez-vous confiance en moi?

LIZZIE. Oui, sénateur.

LE SÉNATEUR. Croyez-vous que je peux vous conseiller une mauvaise action?

1f. **le pour cent:** Prozent.
2 **le descendant:** Abkömmling, Nachkomme.
6 **s'il venait à mourir:** wenn er sterben sollte.
6f. **le rempart:** Schutzwall, Bollwerk.
7 **le syndicalisme:** Gewerkschaftsbewegung.
8 **le juif, la juive:** Jude, Jüdin.
le devoir: Pflicht.
9 **conserver qc à qn:** jdm. etwas bewahren, erhalten.
13 **sursauter:** zusammenzucken, aufschrecken.
14 **embrouiller qn:** jdn. verwirren, durcheinanderbringen.
14f. **où j'en suis:** woran ich bin.

LIZZIE. Non, sénateur.

LE SÉNATEUR. Alors il faut signer. Voilà ma plume.

LIZZIE. Vous croyez qu'elle sera contente de moi?

LE SÉNATEUR. Qui?

LIZZIE. Votre sœur.

LE SÉNATEUR. Elle vous aimera de loin comme sa fille.

LIZZIE. Peut-être qu'elle m'enverra des fleurs?

LE SÉNATEUR. Peut-être bien.

LIZZIE. Ou sa photo avec un autographe.

LE SÉNATEUR. C'est bien possible.

LIZZIE. Je la mettrai au mur. (*Un temps. Elle marche avec agitation.*) Quelle histoire! (*Revenant sur le Sénateur.*) Qu'est-ce que vous lui ferez, au Nègre, si je signe?

LE SÉNATEUR. Au Nègre? Bah! (*Il la prend par les épaules.*) Si tu signes, toute la ville t'adopte. Toute la ville. Toutes les mères de la ville.

LIZZIE. Mais …

LE SÉNATEUR. Est-ce que tu crois qu'une ville tout entière peut se tromper? Une ville tout entière, avec ses pasteurs et ses curés, avec ses médecins, ses avocats et ses artistes, avec son maire et ses

2 **la plume:** Feder.
10 **un autographe:** Autogramm.
13 **une agitation:** Aufgeregtheit, heftige Bewegung.
21 **entier, -ière:** ganz.
22 **le curé:** Pfarrer(in).

adjoints et ses associations de bienfaisance. Est-ce que tu le crois?

LIZZIE. Non. Non. Non.

LE SÉNATEUR. Donne-moi ta main. (*Il la force à signer.*) Voilà. Je te remercie au nom de ma sœur et de mon neveu, au nom des dix-sept mille Blancs de notre ville, au nom de la nation américaine que je représente en ces lieux. Ton front. (*Il la baise au front.*) Venez, vous autres. (*À Lizzie:*) Je te reverrai dans la soirée: nous avons encore à parler.

Il sort.

FRED (*sortant*). Adieu, Lizzie.

LIZZIE. Adieu. (*Ils sortent. Elle reste écrasée, puis se précipite vers la porte.*) Sénateur! Sénateur! Je ne veux pas! Déchirez le papier! Sénateur! (*Elle revient sur la scène, prend l'aspirateur machinalement.*) La nation américaine! (*Elle met le contact.*) J'ai comme une idée qu'ils m'ont roulée!

Elle manœuvre l'aspirateur avec rage.

RIDEAU

1 **un adjoint / une adjointe:** Gehilfe/Gehilfin.
la bienfaisance: Wohltätigkeit.
8f. **baiser qn au front:** auf die Stirn küssen.
13 **écrasé, e** (fig.): niedergeschmettert (*écraser qn/qc:* jdn./etwas erdrücken, überfahren).
13f. **se précipiter vers la porte:** sich zur Tür stürzen.
15 **déchirer qc:** etwas zerreißen.
17 **mettre le contact:** anschalten.
18 **rouler qn** (fam.): jdn. reinlegen.

Deuxième tableau

Même décor, douze heures plus tard. Les lampes sont allumées, les fenêtres sont ouvertes sur la nuit. Rumeurs qui vont en croissant. Le Nègre paraît à la fenêtre, enjambe l'entablement et saute dans la pièce déserte. Il va jusqu'au milieu de la scène. On sonne. Il se cache derrière un rideau. Lizzie sort de la salle de bains, va jusqu'à la porte d'entrée, ouvre.

Scène I

LIZZIE, LE SÉNATEUR, LE NÈGRE, *caché*

LIZZIE. Entrez! (*Le Sénateur entre.*) Alors?
LE SÉNATEUR. Thomas est dans les bras de sa mère. Je viens vous porter leurs remerciements.
LIZZIE. Elle est heureuse?
LE SÉNATEUR. Tout à fait heureuse.

4 **la rumeur:** Geräusch.
aller en croissant: hier: allmählich lauter werden (*croître:* wachsen, zunehmen).
5 **enjamber qc:** über etwas steigen.
un entablement: Brüstung, Gesims.
6 **désert, e:** (menschen)leer.

LIZZIE. Elle a pleuré?

LE SÉNATEUR. Pleuré? Pourquoi? C'est une femme forte.

LIZZIE. Vous m'aviez dit qu'elle pleurerait.

LE SÉNATEUR. C'était une façon de parler.

LIZZIE. Elle ne s'y attendait pas, hein? Elle croyait que j'étais une mauvaise femme et que je témoignerais pour le Nègre.

LE SÉNATEUR. Elle s'était remise entre les mains de Dieu.

LIZZIE. Qu'est-ce qu'elle pense de moi?

LE SÉNATEUR. Elle vous remercie.

LIZZIE. Elle n'a pas demandé comment j'étais faite?

LE SÉNATEUR. Non.

LIZZIE. Elle trouve que je suis une bonne fille?

LE SÉNATEUR. Elle pense que vous avez fait votre devoir.

LIZZIE. Ah oui? …

LE SÉNATEUR. Elle espère que vous continuerez à le faire.

LIZZIE. Oui, oui …

LE SÉNATEUR. Regardez-moi, Lizzie. (*Il la prend par*

5 **une façon de parler:** Redensart.
6 **s'attendre à qc:** etwas erwarten, mit etwas rechnen.
9f. **se remettre entre les mains de Dieu:** sich in Gottes Hand geben (*remettre qc à qn:* jdm. etwas übergeben).
13f. **être fait, e:** hier: aussehen (*une femme bien faite:* Frau mit guter Figur).

les épaules.) Vous continuerez à le faire? Vous ne voudriez pas la décevoir?

LIZZIE. Ne vous frappez pas. Je ne peux plus revenir sur ce que j'ai dit, ils me colleraient en taule. (*Un temps.*) Qu'est-ce que c'est que ces cris?

LE SÉNATEUR. Ce n'est rien.

LIZZIE. Je ne peux plus les supporter. (*Elle va fermer la fenêtre.*) Sénateur?

LE SÉNATEUR. Mon enfant?

LIZZIE. Vous êtes sûr que nous ne nous sommes pas trompés, que j'ai fait ce que je devais?

LE SÉNATEUR. Absolument sûr.

LIZZIE. Je ne m'y reconnais plus; vous m'avez embrouillée; vous pensez trop vite pour moi. Quelle heure est-il?

LE SÉNATEUR. 11 heures.

LIZZIE. Encore huit heures avant le jour. Je sens que je ne pourrai pas fermer l'œil. (*Un temps.*) Les nuits sont aussi chaudes que les journées. (*Un temps.*) Et le Nègre?

LE SÉNATEUR. Quel nègre? Ah! eh bien, on le cherche.

LIZZIE. Qu'est-ce qu'on lui fera? (*Le Sénateur*

2 **décevoir qn:** jdn. enttäuschen.
3 **se frapper:** sich Gedanken, Sorgen machen.
3f. **revenir sur qc:** etwas widerrufen.
7 **supporter qc:** ertragen, erdulden.
13 **je ne m'y reconnais plus:** hier: ich kenne mich nicht mehr aus (*se reconnaître dans qc:* sich in etwas wiedererkennen).

hausse les épaules, les cris augmentent. Lizzie va à la fenêtre.) Mais qu'est-ce que c'est que ces cris? Il y a des hommes qui passent avec des torches électriques et des chiens. C'est une retraite aux flambeaux? Ou bien … Dites-moi ce que c'est, sénateur! Dites-moi ce que c'est!

LE SÉNATEUR (*tirant une lettre de sa poche*). Ma sœur m'a chargé de vous remettre ceci.

LIZZIE (*vivement*). Elle m'a écrit? (*Elle déchire l'enveloppe, en tire un billet de cent dollars, fouille pour trouver une lettre, n'en trouve pas, froisse l'enveloppe et la jette à terre. Sa voix change.*) Cent dollars. Vous devez être content: votre fils m'en avait promis cinq cents, vous faites une belle économie.

LE SÉNATEUR. Mon enfant.

LIZZIE. Vous remercierez madame votre sœur. Vous lui direz que j'aurais préféré une potiche ou des bas nylon, quelque chose qu'elle se serait donné la peine de choisir. Mais c'est l'intention qui

4 **la torche électrique:** Taschenlampe.
4f. **la retraite aux flambeaux:** Fackelzug (*la retraite:* Ruhestand, Rente).
8 **charger qn de faire qc:** jdn. beauftragen etwas zu tun.
11 **froisser qc:** etwas zerknüllen.
14f. **faire une belle économie:** hier: ein gutes Geschäft machen (*une économie:* Gewinn, Ersparnisse).
20f. **c'est l'intention qui compte:** der gute Wille zählt (*une intention:* Absicht).

compte, n'est-ce pas? (*Un temps.*) Vous m'avez bien eue.

Ils se regardent. Le Sénateur se rapproche.

LE SÉNATEUR. Je vous remercie, mon enfant; nous causerons un peu seul à seule. Vous traversez une crise morale et vous avez besoin de mon appui.

LIZZIE. J'ai surtout besoin de fric mais je pense qu'on s'arrangera, vous et moi. (*Un temps.*) Jusqu'ici, je préférais les vieux parce qu'ils ont l'air respectable mais je commence à me demander s'ils ne sont pas encore plus chinois que les autres.

LE SÉNATEUR (*égayé*). Chinois! Je voudrais que mes collègues vous entendent. Quel naturel délicieux! Il y a quelque chose en vous que vos désordres n'ont pas entamé! (*Il la caresse.*) Oui. Oui. Quelque chose. (*Elle se laisse faire, passive et méprisante.*) Je reviendrai, ne m'accompagnez pas.

1f. **avoir qn** (fam.): hier jdn. hereinlegen, betrügen.
5 **seul, e à seul, e:** unter vier Augen.
8 **le fric** (fam.): Zaster, Kohle.
12 **chinois, e** (fam.): durchtrieben.
14 **égayer qn:** jdn. erheitern.
15 **délicieux, -se:** köstlich (Speisen), reizend (Personen).
16 **le désordre:** Ausschweifung, unordentlicher Lebenswandel, Liederlichkeit.
17 **entamer qc:** etwas schaden, zerstören, antasten.
18 **se laisser faire qc:** sich etwas gefallen lassen.
18f. **mépriser qn:** jdn. verachten.

Il sort. Lizzie reste figée sur place. Mais elle prend le billet, le froisse, le jette par terre, se laisse tomber sur une chaise et éclate en sanglots. Dehors, les hurlements se rapprochent. Coups de feu dans le lointain. Le Nègre sort de sa cachette. Il se plante devant elle. Elle lève la tête et pousse un cri.

Scène II

LIZZIE, LE NÈGRE

LIZZIE. Ha! (*Un temps. Elle se lève.*) J'étais sûre que tu viendrais. J'en étais sûre. Par où es-tu entré?

LE NÈGRE. Par la fenêtre.

LIZZIE. Qu'est-ce que tu veux?

LE NÈGRE. Cachez-moi.

LIZZIE. Je t'ai dit que non.

LE NÈGRE. Vous les entendez, madame?

LIZZIE. Oui.

1 **figer:** erstarren.
sur place: an Ort und Stelle.
4 **les hurlements:** Gebrüll (*le hurlement:* Heulen, Jaulen, Schrei).
se rapprocher: sich nähern, näher kommen.
4f. **dans le lointain:** in der Ferne.
5 **la cachette:** Versteck.
5f. **se planter devant qc:** sich vor jdm. aufpflanzen.

LE NÈGRE. C'est la chasse qui a commencé.

LIZZIE. Quelle chasse?

LE NÈGRE. La chasse au nègre.

LIZZIE. Ha! (*Un long temps.*) Tu es sûr qu'ils ne t'ont pas vu entrer?

LE NÈGRE. Sûr.

LIZZIE. Qu'est-ce qu'ils te feront, s'ils te prennent?

LE NÈGRE. L'essence.

LIZZIE. Quoi?

LE NÈGRE. L'essence. (*Il fait un geste explicatif.*) Ils y mettront le feu.

LIZZIE. Je vois. (*Elle va à la fenêtre et tire les rideaux.*) Assieds-toi. (*Le Nègre se laisse tomber sur une chaise.*) Il a fallu que tu viennes chez moi. Je n'en aurai donc jamais fini? (*Elle vient sur lui presque menaçante.*) J'ai horreur des histoires, comprends-tu? (*Tapant du pied.*) Horreur! Horreur! Horreur! Horreur!

LE NÈGRE. Ils croient que je vous ai porté tort, madame.

LIZZIE. Après?

LE NÈGRE. Ils ne viendront pas me chercher ici.

1 **la chasse:** Jagd.
7 **prendre:** hier: fangen.
10 **explicatif, -ive:** erklärend.
17 **taper du pied:** mit dem Fuß stampfen (*taper:* klopfen, schlagen).
19 **porter tort à qn:** jdm. Schaden zufügen, etwas antun (*le tort:* Unrecht).

LIZZIE. Sais-tu pourquoi ils te font la chasse?

LE NÈGRE. Parce qu'ils croient que je vous ai porté tort.

LIZZIE. Sais-tu qui le leur a dit?

LE NÈGRE. Non.

LIZZIE. C'est moi. (*Un long silence. Le Nègre la regarde.*) Qu'est-ce que tu en penses?

LE NÈGRE. Pourquoi avez-vous fait ça, madame? Oh! pourquoi avez-vous fait ça?

LIZZIE. Je me le demande.

LE NÈGRE. Ils n'auront pas de pitié; ils me fouetteront sur les yeux, ils verseront sur moi leurs bidons d'essence. Oh! pourquoi avez-vous fait ça? Je ne vous ai pas porté tort.

LIZZIE. Oh! si, tu m'as porté tort. Tu ne peux pas savoir à quel point tu m'as porté tort! (*Un temps.*) Tu n'as pas envie de m'étrangler?

LE NÈGRE. Ils forcent souvent les gens à dire le contraire de ce qu'ils pensent.

LIZZIE. Oui. Souvent. Et quand ils ne peuvent pas les y forcer, ils les embrouillent avec leurs boniments. (*Un temps.*) Alors? Non? Tu ne m'étrangles pas? Tu as bon caractère. (*Un temps.*) Je te cacherai jusqu'à demain soir. (*Il fait un mouve-*

11 f. **fouetter qn:** jdn. mit der Peitsche schlagen, auspeitschen.
12 **verser qc sur qn:** etwas über jdm. ausgießen.
12 f. **le bidon:** Kanister.
16 **à quel point:** in welchem Maße, wie sehr.
21 f. **le boniment** (meist pl.): Lügengeschichte, Schwindel.

ment.) Ne me touche pas: je n'aime pas les nègres. (*Cris et coups de feu au-dehors.*) Ils se rapprochent. (*Elle va à la fenêtre, écarte les rideaux et regarde dans la rue.*) Nous sommes propres!

LE NÈGRE. Qu'est-ce qu'ils font?

LIZZIE. Ils ont mis des sentinelles aux deux bouts de la rue et ils fouillent toutes les maisons. Tu avais bien besoin de venir ici. Il y a sûrement quelqu'un qui t'a vu entrer dans la rue. (*Elle regarde de nouveau.*) Voilà. C'est à nous. Ils montent.

LE NÈGRE. Combien sont-ils?

LIZZIE. Cinq ou six. Les autres attendent en bas. (*Elle revient vers lui.*) Ne tremble pas. Ne tremble pas, bon Dieu! (*Un temps. À son bracelet:*) Cochon de serpent! (*Elle le jette par terre et le piétine.*) Saloperie! (*Au Nègre:*) Tu avais bien besoin de venir ici. (*Il se lève et fait un mouvement pour partir.*) Reste. Si tu sors, tu es fait.

LE NÈGRE. Les toits.

LIZZIE. Avec cette lune? Tu peux y aller, si tu t'en ressens pour servir de carton. (*Un temps.*) Atten-

2 **au-dehors** (adv.): draußen.
3 **écarter qc:** zur Seite ziehen.
4 **nous sommes propres** (fam.): hier: wir sitzen in der Tinte.
6 **la sentinelle:** Wache, Wachposten.
10 **c'est à nous:** jetzt sind wir dran.
16 **piétiner qc:** auf etwas herumtrampeln.
20f. **s'en ressentir pour qc:** auf etwas Lust haben.
21 **servir de carton:** hier: als Zielscheibe dienen, sich abknallen lassen.

dons. Ils ont deux étages à fouiller avant le nôtre. Je te dis de ne pas trembler. (*Long silence. Elle marche de long en large. Le Nègre reste écrasé sur sa chaise.*) Tu n'as pas d'armes?

LE NÈGRE. Oh! Non.

LIZZIE. Bon.

Elle fouille dans un tiroir et sort un revolver.

LE NÈGRE. Qu'est-ce que vous voulez faire, madame?

LIZZIE. Je vais leur ouvrir la porte et les prier d'entrer. Voilà vingt-cinq ans qu'ils me roulent avec leurs vieilles mères aux cheveux blancs et les héros de la guerre et la nation américaine. Mais j'ai compris. Ils ne m'auront pas jusqu'au bout. J'ouvrirai la porte et je leur dirai: «Il est là. Il est là mais il n'a rien fait; on m'a soutiré un faux témoignage. Je jure sur le Bon Dieu qu'il n'a rien fait.»

LE NÈGRE. Ils ne vous croiront pas.

LIZZIE. Peut se faire. Peut se faire qu'ils ne me croient pas: alors, tu les viseras avec le revolver et, s'ils ne s'en vont pas, tu tireras dedans.

LE NÈGRE. Il en viendra d'autres.

LIZZIE. Tu tireras aussi sur les autres. Et si tu vois le fils du Sénateur, tâche de ne pas le rater, parce

15 **soutirer qc à qn:** jdm. etwas entlocken.
19 **peut se faire:** vielleicht, möglicherweise.
20 **viser qc/qn:** auf etwas/jdn. zielen.
24 **tâcher de faire qc:** versuchen etwas zu tun.
rater qn (fam.): jdn. verfehlen, nicht richtig treffen.

que c'est lui qui a tout manigancé. Nous sommes coincés, non? Et de toute façon, c'est notre dernière histoire, parce que, je te le dis, s'ils te trouvent chez moi, je ne donne pas un sou de ma peau. Alors, autant crever en nombreuse compagnie. (*Elle lui tend le revolver.*) Prends ça! Je te dis de le prendre.

LE NÈGRE. Je ne peux pas, madame.

LIZZIE. Quoi?

LE NÈGRE. Je ne peux pas tirer sur des Blancs.

LIZZIE. Vraiment! Ils vont se gêner, eux.

LE NÈGRE. Ce sont des Blancs, madame.

LIZZIE. Et alors? Parce qu'ils sont blancs, ils ont le droit de te saigner comme un cochon?

LE NÈGRE. Ce sont des Blancs.

LIZZIE. Pochetée! Tiens, tu me ressembles, tu es aussi poire que moi. Enfin, si tout le monde est d'accord …

LE NÈGRE. Pourquoi vous ne tirez pas, vous, madame?

1 **manigancer qc:** etwas aushecken.
1f. **êtrer coincé, e** (fam.): in der Klemme sitzen (*coincer qn:* jdn. einklemmen).
4f. **je ne donne pas un sou de ma peau** (fam.): hier: dann ist mein Leben keinen Pfifferling mehr wert (*le sou:* Groschen).
5 **autant** (adv.): hier: genauso gut.
crever (pop.): verrecken.
5f. **la compagnie:** Gesellschaft, Begleitung.
14 **saigner qn:** jdn. abstechen.
16 **la pochetée** (pop.): Blödmann.
17 **la poire** (fam.): hier: Naivling, Trottel.

LIZZIE. Je te dis que je suis une poire. (*On entend des pas dans l'escalier.*) Les voilà. (*Rire bref.*) On a bonne mine. (*Un temps.*) File dans le cabinet de toilette. Et ne bouge pas. Retiens ton souffle.

Le Nègre obéit, Lizzie attend. Coup de sonnette. Elle se signe, ramasse le bracelet et va ouvrir. Des hommes avec des fusils.

Scène III

LIZZIE, TROIS HOMMES

LE PREMIER HOMME. Nous cherchons le Nègre.

LIZZIE. Quel nègre?

LE PREMIER HOMME. Celui qui a violé une femme dans le train et qui a blessé le neveu du Sénateur à coups de rasoir.

LIZZIE. Nom de Dieu, c'est pas chez moi qu'il faut le chercher. (*Un temps.*) Vous ne me reconnaissez pas?

3 **avoir bonne mine** (fam.): hier: dumm dastehen.
filer (fam.): sich verziehen, verschwinden.
3f. **le cabinet de toilette:** (kleines) Badezimmer.
4 **retenir qc:** etwas zurückhalten.
4f. **le souffle:** Atem.
6 **obéir:** gehorchen.
7 **se signer:** sich bekreuzigen.
ramasser qc: etwas aufheben, einsammeln; etwas einstecken.

LE DEUXIÈME HOMME. Si, si, si. Je vous ai vue descendre du train avant-hier.

LIZZIE. Parfait. Parce que c'est moi qu'il a violée, comprenez-vous. (*Brouhaha. Ils la regardent avec des yeux pleins de stupeur, de convoitise et d'une sorte d'horreur. Ils reculent légèrement.*) S'il s'amène, il tâtera de ça.

Ils rient.

UN HOMME. Vous n'avez pas envie de le voir pendre?

LIZZIE. Venez me chercher quand vous l'aurez trouvé.

UN HOMME. Ça ne traînera pas, mon petit sucre: on sait qu'il se cache dans cette rue.

LIZZIE. Bonne chance.

Ils sortent. Elle ferme la porte. Elle va déposer le revolver sur la table.

4 **le brouhaha:** Stimmengewirr, Lärm.
5 **la convoitise:** Begierde (*regarder qn avec convoitise:* jdn. lüstern ansehen).
7 **s'amener:** auftauchen, aufkreuzen.
tâter de qc: hier: zu spüren bekommen.
10 **pendre:** hängen (*pendre qn:* jdn. auf-, erhängen).
11 **venir chercher qn:** jdn. (ab)holen.
13 **traîner:** hier. sich hinziehen, lange dauern.
16f. **déposer qc sur la table:** etwas auf den Tisch legen.

Scène IV

LIZZIE, *puis* LE NÈGRE

LIZZIE. Tu peux sortir. (*Le Nègre sort, s'agenouille et baise le bas de sa robe.*) Je t'ai dit de ne pas me toucher. (*Elle le regarde.*) Il faut tout de même que tu sois un drôle de paroissien pour avoir toute une ville après toi.

LE NÈGRE. Je n'ai rien fait, madame, vous le savez bien.

LIZZIE. Ils disent qu'un nègre a toujours fait quelque chose.

LE NÈGRE. Jamais rien fait. Jamais. Jamais.

LIZZIE (*elle se passe la main sur le front*). Je ne sais plus où j'en suis. (*Un temps.*) Tout de même, une ville entière, ça ne peut pas avoir complètement tort. (*Un temps.*) Merde! Je n'y comprends plus rien.

LE NÈGRE. C'est comme ça, madame. C'est toujours comme ça avec les Blancs.

LIZZIE. Toi aussi, tu te sens coupable?

LE NÈGRE. Oui, madame.

LIZZIE. Et pourtant tu n'as rien fait?

3 **s'agenouiller:** niederknien.
4 **le bas de la robe:** hier: Kleidersaum.
6 **un drôle de paroissien** (fam.): ein komischer, sonderbarer Heiliger (*le paroissien:* Mitglied einer Kirchengemeinde).

LE NÈGRE. Non, madame.

LIZZIE. Mais qu'est-ce qu'ils ont donc, pour qu'on soit toujours de leur côté?

LE NÈGRE. Ce sont des Blancs.

LIZZIE. Je suis une Blanche, moi aussi. (*Un temps. Bruit de pas dehors.*) Ils redescendent. (*Elle se rapproche de lui instinctivement. Il tremble, mais il lui met la main autour des épaules. Les pas décroissent. Silence. Elle se dégage brusquement.*) Ah, dis donc? Ce qu'on est seuls! Nous avons l'air de deux orphelins. (*On sonne. Ils écoutent en silence. On sonne encore.*) File dans le cabinet de toilette.

Coups dans la porte d'entrée. Le Nègre se cache. Lizzie va ouvrir.

Scène V

FRED, LIZZIE

LIZZIE. Tu es fou? Pourquoi tapes-tu dans ma porte? Non, tu n'entreras pas, tu m'en as assez fait voir. Va-t'en, va-t'en, salaud, va-t'en! va-t'en! (*Il*

8f. **décroître:** schwächer, hier: leiser werden.
9 **se dégager:** sich befreien, losreißen.
10 **dis donc:** hier: was fällt dir ein!
11 **un orphelin / une orpheline**: Waise, Waisenkind.
19f. **en faire voir à qn** (fam.): jdm. zu schaffen machen.

la repousse, ferme la porte et la prend par les épaules. Long silence.) Alors?

FRED. Tu es le diable!

LIZZIE. C'est pour me dire ça que tu voulais enfoncer ma porte? Quelle tête! D'où sors-tu? (*Un temps.*) Réponds.

FRED. Ils ont attrapé un nègre. Ce n'était pas le bon. Ils l'ont lynché tout de même.

LIZZIE. Après?

FRED. J'étais avec eux.

Lizzie siffle.

LIZZIE. Je vois. (*Un temps.*) On dirait que ça te fait de l'effet de voir lyncher un nègre.

FRED. J'ai envie de toi.

LIZZIE. Quoi?

FRED. Tu es le diable! Tu m'as jeté un sort. J'étais au milieu d'eux, j'avais mon revolver à la main et le nègre se balançait à une branche. Je l'ai regardé et j'ai pensé: j'ai envie d'elle. Ce n'est pas naturel.

LIZZIE. Lâche-moi. Je te dis de me lâcher.

FRED. Qu'est-ce qu'il y a là-dessous? Qu'est-ce que tu m'as fait, sorcière? Je regardais le nègre et je

4 f. **enfoncer la porte:** die Tür einschlagen.
5 **quelle tête!** (fam.): du siehst vielleicht mies aus!
12 f. **faire de l'effet** (m.) **à qn:** hier: jdn. beeindrucken.
16 **jeter un sort à qn/qc:** jdn./etwas verhexen.
18 **se balancer:** (hin und her) schaukeln, baumeln.
23 **la sorcière:** Hexe (*le sorcier:* Hexer).

t'ai vue. Je t'ai vue te balancer au-dessus des flammes. J'ai tiré.

LIZZIE. Ordure! Lâche-moi! Lâche-moi! Tu es un assassin.

FRED. Qu'est-ce que tu m'as fait? Tu colles à moi comme mes dents à mes gencives. Je te vois partout, je vois ton ventre, ton sale ventre de chienne, je sens ta chaleur dans mes mains, j'ai ton odeur dans les narines. J'ai couru jusqu'ici, je ne savais pas si c'était pour te tuer ou pour te prendre de force. Maintenant, je sais. (*Il la lâche brusquement.*) Je ne peux pourtant pas me damner pour une putain. (*Il revient sur elle.*) C'est vrai ce que tu m'as dit, ce matin?

LIZZIE. Quoi?

FRED. Que je t'avais donné du plaisir?

LIZZIE. Laisse-moi tranquille.

FRED. Jure que c'est vrai. Jure-le! (*Il lui tord le poignet. On entend du bruit dans le cabinet de toilette.*) Qu'est-ce que c'est? (*Il écoute.*) Il y a quelqu'un ici.

LIZZIE. Tu es fou. Il n'y a personne.

3 **une ordure** (fam.): hier: Mistkerl (*les ordures:* Müll, Abfall).
4 **un assassin:** Mörder(in).
6 **la gencive:** Zahnfleisch.
9 **la narine:** Nasenloch.
11 **de force** (f.): mit Gewalt.
12f. **damner qn:** jdn. verdammen.
18 **tordre qc:** umdrehen.
18f. **le poignet:** Handgelenk.

FRED. Si. Dans le cabinet de toilette.

Il marche vers le cabinet de toilette.

LIZZIE. Tu n'entreras pas.

FRED. Tu vois bien qu'il y a quelqu'un.

LIZZIE. C'est mon client d'aujourd'hui. Un type qui paie. Là. Es-tu content?

FRED. Un client? Tu n'auras plus de client. Plus jamais. Tu es à moi. (*Un temps.*) Je veux voir sa tête. (*Il crie.*) Sortez de là!

LIZZIE (*criant*). Ne sors pas. C'est un piège.

FRED. Sacrée fille de putain. (*Il l'écarte violemment, va vers la porte et l'ouvre. Le Nègre sort.*) C'est ça, ton client?

LIZZIE. Je l'ai caché parce qu'on veut lui faire du mal. Ne tire pas, tu sais bien qu'il est innocent.

Fred tire son revolver. Le Nègre prend brusquement son élan, le bouscule et sort. Fred lui court après. Lizzie va jusqu'à la porte d'entrée par où ils ont disparu tous deux et se met à crier.

Il est innocent! Il est innocent!

Deux coups de feu, elle revient, le visage dur. Elle va à la table, prend le revolver. Fred revient. Elle se tourne vers lui, dos au public, en tenant son arme derrière elle. Il jette la sienne sur la table.

10 **le piège:** Falle.
11 **sacré, e:** heilig, hier: verflucht.
16f. **prendre son élan** (m.): Schwung holen, Anlauf nehmen.
17 **bousculer qn:** jdn. anrempeln, schubsen, beiseitestoßen.

Alors, tu l'as eu? (*Fred ne répond pas.*) Bon. Eh bien, à présent, c'est ton tour.

Elle le vise avec le revolver.

FRED. Lizzie! J'ai une mère.

LIZZIE. Ta gueule! On m'a déjà fait le coup.

FRED (*marchant lentement sur elle*). Le premier Clarke a défriché toute une forêt à lui seul; il a tué seize Indiens de sa main avant de périr dans une embuscade; son fils a bâti presque toute cette ville; il tutoyait Washington et il est mort à Yorktown, pour l'indépendance des États-Unis; mon arrière-grand-père était chef des Vigilants, à San Francisco, il a sauvé vingt-deux personnes pendant le grand incendie; mon grand-père est revenu s'établir ici, il a fait creuser le canal du

2 **à présent:** jetzt.
c'est ton tour: du bist dran.
5 **ta gueule!:** (Halt die) Schnauze!
on m'a déjà fait le coup (fam.): hier: den Trick kenn ich schon, darauf fall ich nicht mehr herein.
7 **défricher qc:** etwas roden, urbar machen.
8 **périr:** umkommen, den Tod finden.
9 **une embuscade:** Hinterhalt.
11 **Yorktown:** Die Schlacht von Y. führte zur Kapitulation der Briten und damit zum Ende des Unabhängigkeitskrieges.
12 **un arrière-grand-père:** Urgroßvater.
les Vigilants: Bürgerwehr (*vigilant, e:* wachsam). Anspielung auf das Erdbeben von San Francisco, das einen gewaltigen Brand auslöste.
15 **s'établir:** sich niederlassen, ansiedeln.
creuser qc: etwas graben, ausheben.

Missisipi et il a été gouverneur de l'État. Mon père est sénateur; je serai sénateur après lui: je suis son seul héritier mâle et le dernier de mon nom. Nous avons fait ce pays et son histoire est la nôtre. Il y a eu des Clarke en Alaska, aux Philippines, dans le Nouveau-Mexique. Oseras-tu tirer sur toute l'Amérique?

LIZZIE. Si tu avances, je te bute.

FRED. Tire! Mais tire donc! Tu vois, tu ne peux pas. Une fille comme toi *ne peut pas* tirer sur un homme comme moi. Qui es-tu? Qu'est-ce que tu fais dans le monde? As-tu seulement connu ton grand-père? Moi, j'ai le droit de vivre: il y a beaucoup de choses à entreprendre et l'on m'attend. Donne-moi ce revolver. (*Elle le lui donne, il le met dans sa poche.*) Pour ce qui est du Nègre, il courait trop vite: je l'ai raté. (*Un temps. Il lui entoure les épaules de son bras.*) Je t'installerai

3 **un héritier / une héritière:** Erbe.
mâle (adj.): männlich.

5f. **Alaska, les Philippines, le Nouveau-Mexique:** Gebiete, die die Ausweitung des amerikanischen Machtbereichs symbolisieren. Alaska wurde 1867 von Russland gekauft, die Philippinen waren bis 1946 amerikanische Kolonie, Neu-Mexiko wurde nach dem amerikanisch-mexikanischen Krieg (1846–48) Teil der USA und ist seit 1912 deren 47. Bundesstaat.

8 **buter qn** (fam.): jdn. umlegen, töten.

14 **entreprendre qc:** etwas unternehmen, in Angriff nehmen.

16 **pour ce qui est de ...:** was ... betrifft.

18 **entourer qc:** etwas umfassen.
installer qn: jdn. unterbringen.

sur la colline, de l'autre côté de la rivière, dans une belle maison avec un parc. Tu te promèneras dans le parc, mais je te défends de sortir: je suis très jaloux. Je viendrai te voir trois fois par semaine, à la nuit tombée: le mardi, le jeudi et pour le week-end. Tu auras des domestiques nègres et plus d'argent que tu n'en as jamais rêvé, mais il faudra me passer tous mes caprices. Et j'en aurai! (*Elle s'abandonne un peu plus dans ses bras.*) C'est vrai que je t'ai donné du plaisir? Réponds. C'est vrai?

LIZZIE (*avec lassitude*). Oui, c'est vrai.

FRED (*en lui tapant la joue*). Allons, tout est rentré dans l'ordre. (*Un temps.*) Je m'appelle Fred.

RIDEAU

4 **jaloux, -se:** eifersüchtig.
5 **à la nuit tombée:** nach Einbruch der Nacht.
8 **passer à qn tous ses caprices:** jdm. alles durchgehen lassen (*le caprice:* Laune, Marotte).
12 **la lassitude:** Lustlosigkeit, Überdruss.
13 **taper qc:** hier: etwas tätscheln.

Autour de «La Putain respectueuse»

James et Lizzie
Ire version

[Ier TABLEAU]

[SCÈNE IV]

[JAMES *biffé*] FRED. Et voilà où nous en sommes! C'était le meilleur de la ville, le fils d'un magistrat, un gars solide et religieux, dur avec les hommes, timide avec les femmes – et son honorabilité dépend du bon vouloir d'une putain! C'est à se taper le derrière par terre.

[JAMES *biffé*] JOHN. Voyons, Lizzie, écoute. Qu'est-ce que c'est ce nègre? Crois-tu qu'il ait le droit

2 **James et Lizzie:** Die abgedruckten Szenen I,4 und II,1 entstammen einer früheren handschriftlichen Textfassung Sartres. James hat hier die Rolle des Senators Clark der endgültigen Fassung.
6 **biffer qc:** etwas streichen, durchstreichen, entfernen.
7f. **le magistrat:** (hoher) Staatsbeamter, Richter, Staatsanwalt.
8 **solide** (adj.): hier: zuverlässig.
9 **timide** (adj.): schüchtern, scheu.
9f. **une honorabilité:** Ehrbarkeit.
10 **le bon vouloir:** guter Wille.
11 **se taper le derrière par terre** (f.; fam.): sich totlachen.

de vivre? Il est né au hasard, dans une portée de Noirs et, pendant que tu t'interroges, il y a déjà cent négrillons qui viennent de naître pour le remplacer. À quoi sert-il? Il traîne, il chaparde, il chante, il s'achète des chemises vertes ou roses, est-ce que c'est une vie d'homme ça? Est-ce que tu es communiste?

LIZZIE. Non, quelle horreur!

[JAMES *biffé*] JOHN. Alors tu respectes les familles américaines. Tu n'as pas eu de chance, tu as eu de mauvais parents, j'en suis sûr, et tu n'as pas fondé un foyer. Mais tu les connais nos familles. Tu sais ce que c'est qu'une mère américaine.

FRED. Tais-toi. Ne lui parle pas de nos mères.

JAMES. Veux-tu me laisser parler. C'est une bonne fille, elle me comprend. Tu sais ce que ça coûte d'élever un fils. Hein! Tant de soins, tant de sacrifices, tant d'efforts. Et pendant ce temps-là, le père lutte au-dehors pour gagner sa vie. Eh bien, tu ne crois pas qu'un jeune homme qui a été élevé comme ça a le droit de vivre? Toutes les larmes de sa mère lui donnent le droit de vivre. C'est un beau fruit des États-Unis. Et voilà: tu tiens l'honneur d'une famille entre tes mains. Tu

1 **la portée** (zool.): Wurf.
3 **le négrillon:** Negerlein.
12 **fonder un foyer:** ein Heim, eine Familie gründen.
17 f. **le sacrifice:** Opfer (*faire un sacrifice:* ein Opfer bringen).
19 **lutter:** kämpfen.
24 **un honneur:** Ehre.

peux te venger de n'avoir pas de mère. Ou tu peux au contraire te sauver.

FRED. Une fois dans ta vie, fais quelque chose d'utile. Son père était magistrat et lui c'est un chef. J'ai été élevé avec lui, c'était toujours lui le général ou le dictateur. Il est beau et il est fort, il a fait la guerre comme un héros, si tu voyais toutes ces décorations sur sa poitrine. Il n'a jamais transigé, il est la terreur des nègres et des communistes. Si ses projets réussissent notre ville deviendra un grand port fluvial, tout le commerce d'ouest en est passera par ici. Regarde-le: c'est un homme, un vrai et tu n'en as pas vu souvent. (*Il tire la photo.*) Regarde-le, regarde-le. À genoux, putain, devant le portrait de l'homme que tu vas déshonorer.

Il la jette à genoux. Elle se laisse à moitié faire et puis elle se relève brusquement.

LIZZIE. Donnez le papier.

JAMES. Tu signes?

LIZZIE. De toute façon et quoi que je fasse, je vais me mépriser. Vous m'avez emberlificotée avec vos histoires et je n'y vois plus clair. (*Elle signe.*)

1 **se venger:** sich rächen.
8 **la décoration:** hier: Orden.
9 **transiger:** nachgeben, einen Kompromiss schließen.
11 **le port fluvial:** Binnenhafen (*fluvial, e:* Fluss...).
22 **emberlificoter qn:** jdn. beschwatzen, einwickeln, herumkriegen.

JAMES. Allons-nous-en.

LIZZIE, *avec un cynisme appliqué*. Et mes cinq cents dollars.

JAMES. Quels cinq cents dollars?

LIZZIE, *montrant Fred*. Ceux qu'il m'avait promis.

FRED. Il fallait accepter quand je te les ai proposés. Tu n'auras rien.

LIZZIE, *seule*. C'est donc pour ça qu'il était monté.

RIDEAU

IIe TABLEAU

Même décor, douze heures plus tard. Les lumières sont allumées. Dehors, il fait nuit.

SCÈNE I

LIZZIE, JAMES

James est assis. Lizzie debout.

JAMES. Alors voilà. C'est sa mère en personne qui m'envoie vous remercier.

2 **appliqué, e:** beflissen.

LIZZIE, *heureuse et flattée.* Me remercier. Comment est-elle?

JAMES. C'est une vieille dame un peu grasse, avec de beaux cheveux blancs et un regard très pur.

LIZZIE. Vous lui direz … vous lui direz …

JAMES. Elle m'a chargé aussi de vous remettre ça. (*Il lui tend un billet de cent dollars.*)

LIZZIE, *blessée.* Ah! Ah oui! Ça aussi. Bon. Vous ne lui direz rien du tout. Vous lui direz que j'ai pris les cent dollars sans rien dire, parce que je suis une salope.

JAMES. Je ne comprends pas.

LIZZIE. Ça va. N'essayez pas. Vous m'avez eue avec vos familles nombreuses, ça doit vous suffire. Le respect. Mince alors. Vous m'avez eue par le respect. Vous m'avez fait le coup de l'ordre et des grandes familles. Vous avez dû deviner que je pleure aux films bien-pensants. Mince alors! Je suis née respectueuse. Donnez-moi un homme à plumer je m'en charge mais quand je me promène entre les villas du parc le soir et que j'entends la cloche qui appelle les dix ou douze mômes pour le dîner, je me sens heureuse. Vous

1 **flatter qn:** jdm. schmeicheln (*être flatté, e:* sich geschmeichelt fühlen).

15 **mince alors** (fam.): hier: Scheibenkleister!, verdammt noch mal! (*mince:* Ersatzwort für das vulgäre *merde*).

18 **le film bien-pensant:** Film, der den traditionellen Wertvorstellungen entspricht.

20 **plumer qn** (fam.): jdn. ausnehmen, rupfen.

m'avez eue avec ça. Et puis pour finir, la vieille me refile un billet de cent dollars. (*Bruit dehors.*) Qu'est-ce que c'est que ça?

JAMES. Rien du tout. Ne vous en occupez pas.

LIZZIE, *va à la fenêtre.* Des types avec des torches électriques et des fusils. Dites donc … mais dites donc. C'est la chasse au nègre, qu'ils font.

JAMES. Ne vous occupez donc pas de ça.

LIZZIE. La chasse aux nègres … Allez-vous-en! Allez-vous-en, vous m'avez empoisonnée, je ne pourrai plus jamais me regarder en face. Reprenez votre argent. (*Elle le lui jette à la figure.*) Allez-vous-en! Allez-vous-en!

Il se lève et s'en va. Lizzie restée seule ouvre les fenêtres et se penche dans la rue. On entend des hurlements et, au loin, des coups de feu.

2 **refiler qc à qn:** jdm. etwas (Wertloses) andrehen.
4 **s'occuper de qc/qn:** sich um etwas/jdn. kümmern.
10 **empoisonner qn:** jdn. vergiften.
15 **se pencher:** sich hinauslehnen.

La scène finale d'après le scénario dactylographié

On sonne.

LIZZIE. Qu'est-ce que c'est?

FRED, *off.* C'est moi, ouvre!

LIZZIE. Va te faire foutre!

FRED, *off.* Ouvre bon Dieu! ouvre!

LIZZIE. Je ne veux plus te voir. Plus jamais! Va-t'en! Va-t'en!

[*Lizzie cache Sydney dans la salle de bains, puis ouvre la porte.*]

Et maintenant? Tu es bien avancé! Qu'est-ce que tu veux?

FRED. Viens!

LIZZIE, *n'en croit pas ses oreilles.* Quoi???

FRED. Viens! La voiture est en bas. On part.

LIZZIE. Moi avec toi? Tu n'es pas cinglé?

FRED. Viens! Tu es à moi.

LIZZIE. Mais comment donc!

1 **La scène finale:** Die gegenüber dem Bühnenstück optimistischere Schlussszene hat Sartre für die Filmversion von 1952 geschrieben. Die szenischen Anmerkungen in eckigen Klammern wurden von den Herausgebern der Pléiade-Ausgabe zum besseren Verständnis des Dialogs hinzugefügt.

2 **dactylographier qc:** etwas auf der (Schreib-)Maschine schreiben.

12 **tu es bien avancé, e:** hier (iron.): jetzt hast du's aber weit gebracht.

17 **cinglé, e** (fam.): bekloppt, bescheuert, übergeschnappt.

FRED. Tu es à moi! (*Rumeurs de foule au-dehors. Pendant toute la scène: rumeurs de la foule plus ou moins fortes.*) Ne regarde pas! Regarde-moi … mais regarde-moi, bon Dieu! Écoute, j'ai une maison à une heure d'ici. On n'en bougera plus, on ne saura plus rien. Pas de journal, pas de radio, on oubliera tout!

LIZZIE. Ça t'arrangerait bien!

FRED. Quand on reviendra, tout sera rentré dans l'ordre.

LIZZIE. Ah, parce qu'on reviendra! Lâche! Ça va, on m'a déjà fait le coup. Je ne suis pas d'ici et maintenant que je vous ai vus, j'en suis fière.

FRED, *off. Misérablement*: Lizzie!

LIZZIE, *dure*. Qu'est-ce que tu veux encore? Que je te console?

FRED. Lizzie, je … n'aurais pas dû te faire ça. Je … je te demande pardon.

LIZZIE. Moi, c'est rien. Mais il y a le Nègre … Quelle horreur! Et c'est toi qui as tout fait! Tu n'as pas honte? (*Un temps.*) Le Nègre …

FRED. Je m'en fous du Nègre. (*D'une voix chan-*

8 **arranger qn:** jdm. gelegen kommen.
9f. **rentrer dans l'ordre** (m.): wieder seinen gewohnten Gang gehen.
11 **lâche** (adj.): feige; Feigling.
14 **misérablement:** kläglich (*misérable:* bettelarm, elend, bedauernswert).
22 **je m'en fous de qn/qc:** mir ist jd./etwas völlig egal

gée.) Qu'est-ce que je pouvais faire? Il y avait mon père, les flics, la famille … Et puis les Blancs qui allaient perdre la face devant les Noirs. Hein? Qu'est-ce que je pouvais faire?

LIZZIE. En somme, si ça se retrouvait, tu remettrais ça?

FRED. Je ne sais pas … je ne sais plus où j'en suis. (*Rumeur plus violente de la foule, sirène de la police.*) Viens, Lizzie … On n'en parlera plus.

LIZZIE. Tu crois que ça suffira pour qu'on n'y pense plus?

FRED. Moi, je n'y penserai plus! Je n'y penserai jamais!

LIZZIE. Comment feras-tu?

FRED. Je sais m'arranger.

LIZZIE. Moi, je ne pourrai pas.

FRED. Lizzie … Si jamais on sent qu'on va y penser … (*Un temps.*) Eh bien! On fera l'amour pour s'en empêcher … On fera tout le temps l'amour, tout le temps!

LIZZIE. Salaud! (*Presque tendrement.*) Salaud … Salaud … Si t'avais pas ta belle gueule …

FRED, *humblement.* Si tu restes avec moi, je devien-

3 **perdre la face devant qn:** vor jdm. das Gesicht verlieren.
5 **en somme** (f.): alles in allem, letztendlich.
se retrouver: hier: sich wieder bieten (Gelegenheit).
remettre qc: hier: wieder genauso handeln.
22 **avoir une belle gueule** (fam.): eine hübsche Visage haben.
23 **humblement:** demütig.

drai peut-être un peu moins salaud … [*Il se dirige vers la salle de bains.*]

LIZZIE. Où vas-tu?

FRED. J'ai soif. Qu'est-ce que tu as?

LIZZIE. Rien. Reste ici. Je t'apporte à boire.

FRED. Il y a quelqu'un ici?

LIZZIE. Mais non …

FRED. Alors. [*Elle lui résiste.*] Tu vois bien qu'il y a quelqu'un.

LIZZIE. C'est un client.

FRED, *crie vers la porte.* Fini les clients! Foutez le camp d'ici les clients!

LIZZIE. Je t'en supplie, n'ouvre pas!

FRED. Sortez de là!

LIZZIE, *crie.* C'est foutu!

[*Il ouvre la porte et voit le Nègre.*]

FRED, *écumant.* Tu couches avec un nègre!

LIZZIE. Fred, je t'en supplie! Ce n'est pas vrai!

FRED. Salope, tu me le paieras! [*Il saisit le Nègre et crie par la fenêtre.*] Eh! Il est là! … Il est là, les gars! Il est là!

LIZZIE [*, le revolver au poing*]. Lâche-le et tais-toi! *Sirènes renouvelées.*

FRED. Tu ne feras pas ça!

LIZZIE. Regarde-moi! [*Froidement.*] Je n'ai pas couché avec lui, Fred. Je voulais seulement l'ai-

15 **c'est foutu** (fam.): jetzt ist alles aus.
17 **écumant, e:** schäumend.
19 **saisir qn:** jdn. packen.

der. Mais toi, salaud, tu as perdu. Tu m'as perdue pour de bon.

FRED. Lizzie …

LIZZIE [, *au Nègre*]. Il y a des voitures en bas. Descendons!

Lizzie et le Nègre sortent dans la rue et se précipitent vers le fourgon des policiers, poursuivis par la foule.

LIZZIE, *crie*. Il a rien fait … il est innocent … Il a rien fait! … Il a rien fait … il est innocent …

[*Ils montent dans le fourgon qui démarre. Lizzie hésite puis prend la main du Nègre et lui sourit. Fred est sorti et parle à un inconnu.*]

L'INCONNU. Mais qu'est-ce que c'est que cette fille? Elle est folle …

FRED. C'est une putain …

6f. **se précipiter vers qc:** sich auf etwas stürzen.
7 **le fourgon (de police):** Polizeiwagen, Einsatzfahrzeug.
poursuivre qn: jdn. verfolgen.

Editorische Notiz

Der französische Text folgt der Ausgabe: Jean-Paul Sartre, *Théâtre complet*, Paris: Gallimard, 2005, S. 205–241. Das Glossar enthält alle Wörter, die nicht im *Thematischen Grund- und Aufbauwortschatz Französisch* von Wolfgang Fischer und Anne-Marie Le Plouhinec (Stuttgart: Klett, 2000) enthalten sind. Dabei wird der Grundwortschatz in der Regel als bekannt vorausgesetzt. Wörter des Aufbauwortschatzes werden erklärt.

Im Glossar verwendete Abkürzungen

adj.	Adjektiv
adv.	Adverb
f.	féminin
fam.	familier (umgangssprachlich)
fig.	sens figuré (übertragene Bedeutung)
m.	masculin
pl.	pluriel (Mehrzahl)
pop.	populaire (salopp)
qc	quelque chose
qn	quelqu'un

Literaturhinweise

Textausgaben

Sartre, Jean-Paul: La P… respectueuse. Pièce en un acte et deux tableaux. Paris 1946.
– La P… respectueuse, suivi de Morts sans sépulture. Paris: Gallimard, 1993. (Folio 868.)
– Théâtre complet. Hrsg. von Michel Contat u. Jacques Degny. Paris: Gallimard, 2005. (Biliothèque de la Pléiade 512.)
– Die ehrbare Dirne. Übersetzt von Ettore Cella. Stuttgart: Reclam 1971. (Reclams Universal-Bibliothek 9325.)
– Die respektvolle Dirne. Übersetzt von Andrea Spingler. (Gesammelte Werke in Einzelausgaben. Hrsg. von Traugott König. Theaterstücke Bd. 5.) Reinbek bei Hamburg: Rowohlt, 1965. (rororo 15838.)

Hauptwerke (Taschenbuchausgaben bei Gallimard)

Theater

Les Mouches (1943) suivi de Huis clos (1944). (Folio 807.)
Die Fliegen. Übersetzt von Traugott König. Reinbek bei Hamburg [10]2005. (Gesammelte Werke in Einzelausgaben, Theaterstücke 1,2. rororo 12942.)

Les Jeux sont faits (1947). (Folio 2805.)
Das Spiel ist aus. Übersetzt von Alfred Dürr. Reinbek bei Hamburg ^{69}2009. (Gesammelte Werke in Einzelausgaben, Drehbücher 1. rororo 10059.)

Les Mains sales (1948). (Folio 806.)
Die schmutzigen Hände. Übersetzt von Eva Gröppler. Reinbek bei Hamburg ^{42}2007. (Gesammelte Werke in Einzelausgaben, Theaterstücke 6. rororo 12485.)

Le Diable et le Bon Dieu (1951). (Folio 869.)
Der Teufel und der liebe Gott. Übersetzt von Uli Aumüller. Reinbek bei Hamburg ^{4}2001. (Gesammelte Werke in Einzelausgaben, Theaterstücke 7. rororo 12951.)

Nekrassov (1955). (Folio 431.)
Nekrassow. Neuübersetzung von Traugott König. Reinbek bei Hamburg 1991. (Gesammelte Werke in Einzelausgaben, Theaterstücke 6.)

Les Séquestrés d'Altona (1959). (Folio 938.)
Die Eingeschlossenen von Altona. Übersetzt von Traugott König. Reinbek bei Hamburg 1991. (Gesammelte Werke in Einzelausgaben, Theaterstücke 10. rororo 12525.)

Romane und Erzählungen

La Nausée (1938). (Folio 805.)
Der Ekel. Übersetzt von Uli Aumüller. Reinbek bei Hamburg ^{53}2009. (Gesammelte Werke in Einzelausgaben, Romane und Erzählungen 1. rororo 10589.)

Le Mur (1939). (Folio 878.)
Die Mauer. Neu übersetzt von Uli Aumüller. In:

Die Kindheit eines Chefs. Reinbek bei Hamburg [11]2003. (Gesammelte Werke in Einzelausgaben, Romane und Erzählungen 2. rororo 15517.)

L'Enfance d'un chef (1938). (Folio 3932.)

Die Kindheit eines Chefs. Übersetzt von Uli Aumüller. Reinbek bei Hamburg [11]2003. (Gesammelte Werke in Einzelausgaben, Romane und Erzählungen 2. rororo 15517.)

Les Chemins de la liberté:

Die Wege der Freiheit. Übersetzt von Uli Aumüller.

I. L'Âge de raison (1945). (Folio 870.)
Zeit der Reife. Reinbek bei Hamburg 1999. (Gesammelte Werke in Einzelausgaben, Romane und Erzählungen 3. rororo 15813.)

II. Le Sursis (1945). (Folio 866.)
Der Aufschub. Reinbek bei Hamburg [24]2001. (Gesammelte Werke in Einzelausgaben, Romane und Erzählungen 4. rororo 15935.)

III. La Mort dans l'âme (1946). (Folio 58.)
Der Pfahl im Fleische. Reinbek bei Hamburg 1990. (Gesammelte Werke in Einzelausgaben, Romane und Erzählungen 5. rororo 12270.)

Les Mots (1964). (Folio 607.)

Die Wörter. Übersetzt von Hans Mayer. Reinbek bei Hamburg [31]2000. (Gesammelte Werke in Einzelausgaben, Autobiographische Schriften 1. rororo 11000.)

Essays, Literaturkritik, politische Schriften

Réflexions sur la question juive (1946). (Folio essais 10.)
Überlegungen zur Judenfrage. Übersetzt von Vincent von Wroblewsky. Reinbek bei Hamburg [2]2010. (Gesammelte Werke in Einzelausgaben, Politische Schriften 2. rororo 13149.)

Baudelaire (1947). (Folio essais 105.)
Baudelaire. Übersetzt von Beate Möhring. Reinbek bei Hamburg 1997. (Gesammelte Werke in Einzelausgaben, Schriften zur Literatur 2. rororo 14225.)

Qu'est-ce que la littérature (1947). (Folio essais 19.)
Was ist Literatur? Übersetzt von Traugott König. Reinbek bei Hamburg 1997. (Gesammelte Werke in Einzelausgaben, Schriften zur Literatur 3. rororo 14779.)

Saint Genet, comédien et martyr (1952). (Collection Tel 377.)
Saint Genet, Komödiant und Märtyrer. Übersetzt von Ursula Dörrenbecher. Reinbek bei Hamburg 1982. (Gesammelte Werke in Einzelausgaben, Schriften zur Literatur 4.)

L'Idiot de la famille (1970–1972). (Collection Tel 75, 76, 77.)
Der Idiot der Familie. Übersetzt von Traugott König. Reinbek bei Hamburg 1986. (Gesammelte Werke in Einzelausgaben, Schriften zur Literatur 7–11. dnb 78, 89, 90, 114, 132.)

Un Théâtre de situations. Textes rassemblés et annotés par Michel Contat et Michel Rybalka. Paris 1992. (Collection Folio essais 192.)

Philosophie

L'Imaginaire (1940). (Folio essais 47.)
Das Imaginäre. Übersetzt von Hans Schöneberg. Reinbek bei Hamburg 1994. (Gesammelte Werke in Einzelausgaben, Philosophische Schriften 2.)

L'Être et le néant (1943). (Collection Tel 1.)
Das Sein und das Nichts. Übersetzt von Hans Schöneberg. Reinbek bei Hamburg ^{16}2010. (Gesammelte Werke in Einzelausgaben, Philosophische Schriften 3. rororo 13316.)

L'Existentialisme est un humanisme (1946). (Folio essais 284.)
Der Existentialismus ist ein Humanismus. Übersetzt von Werner Bökenkamp. Reinbek bei Hamburg ^{4}2007. (Gesammelte Werke in Einzelausgaben, Philosophische Schriften 4. rororo 22713.)

Sekundärliteratur

Bahners, Klaus: Erläuterungen zu Die ehrbare Dirne, Das Spiel ist aus, Im Räderwerk. Hollfeld 1995. (Königs Erläuterungen und Materialien. 342.)

Barou, Jean-Pierre: Sartre, Le temps des révoltés. Paris 2006.

Boschetti, Anna: Sartre et les Temps Modernes, une entreprise intellectuelle. Paris 1985.

Cohan-Solal, Annie: Sartre – 1905–1980. Paris 1999.

Contat, Michel: Pour Sartre. Paris 2008.

Contat, Michel / Rybalka, Michel (Hrsg.): Les écrits de Sartre. Paris 1980.

De Beauvoir, Simone: La cérémonie des adieux. Paris 1987.

Gerassi, John: Entretiens avec Sartre. Paris 2011.

Hackenesch, Christa: Jean-Paul Sartre. Reinbek bei Hamburg 2000. (rm 50629.)

Hastedt, Heiner: Sartre. Stuttgart/Leipzig 2005. (Reclam Bibliothek Leipzig. 20120.)

Hierse, Wolfgang: Jean-Paul Sartre: Das dramatische Werk II. Hollfeld 1988. (Analysen und Reflexionen. 63.)

Jeanson, Francis: Sartre par lui-même. Paris 1971.

Krauss, Henning: Die Praxis der »littérature engagée« im Werk Jean-Paul Sartres 1938–1948. Heidelberg 1970.

Lévy, Bernard-Henri: Le siècle de Sartre. Paris 2000.

Lorris, Robert: Sartre dramaturge. Paris 1975.

McCall, Dorothy: The Theatre of Jean-Paul Sartre. New York / London 1969.

Noudelman, François / Philippe, Gilles (Hrsg.): Dictionnaire Sartre. Paris 2004.

O'Donhoe, Benedict: Sartre's Theatre, Acts for Life. Oxford/Bern/Berlin [u. a.] 2005.

Rowley, Hazel: Tête-à-tête, un pacte d'amour – Simone de Beauvoir et Jean-Paul Sartre. Paris 2006.

Les Temps Modernes 632–634, juillet–octobre 2005: Notre Sartre. Paris 2005.

Verona, Luciano: Le théâtre de Jean-Paul Sartre. Bologna 1994.

Zehm, Günter Albrecht: Jean-Paul Sartre. Velber 1965. (Friedrichs Dramatiker des Welttheaters. 8.)

Nachwort

Zum Autor

»On n'emprisonne pas Voltaire«, soll Charles de Gaulle, Sartres politischer Feind, geantwortet haben, als man ihn aufforderte, Sartre verhaften zu lassen, weil dieser im »Manifest der 121« gemeinsam mit anderen Intellektuellen die französischen Soldaten in Algerien zur Fahnenflucht aufgerufen hatte. Dieser Vergleich, in dem sich einerseits Bewunderung und Respekt, andererseits der Hass des Mächtigen gegenüber dem Rebellen zeigt, wird der Persönlichkeit Sartres durchaus gerecht: Wie der große Aufklärer des 18. Jahrhunderts Missstände des Ancien Régime anprangerte und damit einer der geistigen Wegbereiter der Französischen Revolution war, so kritisierte Sartre schonungslos die politischen und sozialen Zustände seiner Zeit. Als »maître-penseur« der französischen Jugend am Ende des Zweiten Weltkrieges bestimmte er das Denken und das Lebensgefühl einer ganzen Generation.

Sein Erfolg beruhte keineswegs auf seinem 1943 erschienenen philosophischen Hauptwerk *L'Être et le néant*, das nur in akademischen Kreisen gelesen wurde. Die Studenten huldigten vielmehr dem Autor von *La Nausée*, indem sie – schwarz gekleidet und Tristesse im Blick – ihren Lebensekel zum Entsetzen der konservativen Anwohner in den finsteren Kellerlokalen von Saint Germain des Prés zur Schau stellten.

Zum Modephilosophen wurde Sartre erst durch den berühmten Vortrag vom Oktober 1945, der unter dem Titel *L'Existentialisme est un humanisme* 1946 veröffentlicht wurde. Hier formulierte und erklärte er in allgemein verständlicher Form die wichtigsten Prinzipien seiner Philosophie.

»L'existence précède l'essence«[1] ist die Hauptthese, auf der Sartres atheistischer Existentialismus beruht. Da es keinen Schöpfergott gibt, der den Menschen nach einem bestimmten Konzept geschaffen hat, ist der Mensch nichts, wenn er auf der Welt erscheint. Erst danach definiert er sich selbst, und zwar ausschließlich durch sein Handeln: »L'homme n'est rien d'autre que son projet, il n'existe que dans la mesure où il se réalise, il n'est donc rien d'autre que l'ensemble de ses actes.«[2] Der Mensch kann und muss frei wählen, was er sein will. Eine Abhängigkeit des Willens von äußeren oder inneren Faktoren gibt es ebenso wenig wie einen allgemein gültigen Wertekanon. Der Mensch schafft seine eigenen Werte, seine eigene Moral. So wird Sartres absurd anmutende Feststellung, die Franzosen seien niemals so frei gewesen wie unter der deutschen Okkupation, verständlich: Sie hatten eine klare Alternative, sie konnten und mussten wählen, ob sie die Besatzer bekämpfen oder unterstützen wollten.

Da es keine vorgegebenen Werte gibt, nach denen sich der Mensch richten kann, ist er voll verantwortlich für sich selbst, aber auch für die ganze Menschheit, weil er durch seine Entscheidungen Werte schafft und ein Modell des Menschen entwirft, wie er

1 Jean-Paul Sartre, *L'Existentialisme est un humanisme*, Paris 1946, S. 17.
2 Ebd., S. 55.

sein soll: »[…] l'homme étant condamné à être libre porte le poids du monde entier sur ses épaules. Il est responsable du monde entier et de lui-même en tant que manière d'être.«[3]

Gewiss hat der Erfolg von Sartres Philosophie zu tun mit der tiefen geistigen und moralischen Krise, in der sich die französische Bevölkerung und vor allem die Jugend am Ende des Krieges befand: Marschall Pétain, der bisher als Held verehrte Sieger von Verdun, wird des Hochverrats angeklagt; der als Verräter von London verschriene General de Gaulle war nun der Befreier des Vaterlandes, der Retter der Republik; die zuvor als gefährliche Terroristen bezeichneten Kämpfer der Résistance waren jetzt gefeierte Patrioten. Man erfuhr von Konzentrationslagern, von Judendeportationen, von Folter und Grausamkeiten, an denen sich auch französische Milizen beteiligt hatten, und musste erkennen, dass die bürgerlichen Wertesysteme die Barbarei nicht hatten verhindern können. In dieser Situation schienen die Freiheit der Wahl und die Eigenverantwortlichkeit eines jeden, wie es Sartres Philosophie postulierte, der einzig authentische Weg hin zu einem anderen, einem neuen Frankreich zu sein.

Sartres weltweites Ansehen beruhte außerdem auf seiner Authentizität. Er lebte und handelte stets in Übereinstimmung mit seinen philosophischen Prinzipien. Sein Leben lang war er antibürgerlich, antiimperialistisch und antikapitalistisch, kämpfte gegen das Unrecht, gegen Unterdrückung und Ausbeutung, gegen Kolonialismus und Rassismus.

3 Jean-Paul Sartre, *L'Etre et le néant*, Paris 1976, S. 612.

In der im Jahre 1945 mitbegründeten Monatsschrift *Les Temps Modernes* nahmen linke Intellektuelle Stellung zum aktuellen politischen Geschehen. Sartre attackierte de Gaulle, kritisierte den amerikanischen Imperialismus und geißelte Frankreichs Krieg in Indochina als verbrecherischen Kolonialkrieg. 1950 setzte er sich für Henri Martin ein, einen bekennenden Kommunisten, der in Flugblättern die Soldaten aufgefordert hatte, die Kampfhandlungen einzustellen. Martin wurde der Sabotage in Diensten des Viet-Minh angeklagt, musste freigesprochen werden und wurde dann wegen Propaganda gegen den Indochinakrieg für fünf Jahre ins Gefängnis gesteckt. Sartre machte den Skandal publik und erreichte immerhin, dass Martin nach drei Jahren entlassen wurde.

Von 1956 bis 1962 beteiligte er sich am Kampf für ein unabhängiges Algerien. In zahlreichen Artikeln der *Temps Modernes* bekundete er seine Solidarität mit der algerischen Befreiungsbewegung FLN (Front de libération nationale) und unterstützte deren bewaffneten Kampf. Er beschuldigte die Franzosen der Verbrechen gegen die Menschlichkeit, wobei er, indem er in der ersten Person Plural formulierte, auch sich selbst unter Anklage stellte: »Personne n'ignore aujourd'hui que nous avons ruiné, affamé, massacré un peuple de pauvres pour qu'il tombe à genoux. Il est resté debout. Mais à quel prix!«[4]

Sartre kämpfte jedoch nicht nur mit der Feder. Er erhob seine Stimme bei mehreren Kundgebungen für den Frieden in Algerien, beteiligte sich an dem

4 Jean-Paul Sartre, *Les Somnanbules*, in: ders., *Situations V*, Paris 1964, S. 161.

Schweigemarsch nach dem Massaker vom 17. Oktober 1961, bei dem über 200 in Paris lebende Algerier umgebracht worden waren und war einer der »porteurs de valises«, die für die in Frankreich operierende FLN Geld und falsche Papiere organisierten.

Die extreme Rechte reagierte entsprechend hasserfüllt. »Fusillez Sartre!« schrien die Anciens Combattants, wie man die Kriegsveteranen in Frankreich nennt. Und tatsächlich gab es zwei Bombenanschläge auf Sartres Wohnung in der Rue Bonaparte.

Sartres Verhältnis zum Kommunismus war zwiespältig. Er näherte sich trotz der stalinistischen Greuel der kommunistischen Partei, weil er sie für die einzige hielt, die die Interessen des Proletariats vertrat. 1956 ging er auf Distanz zum PCF (Parti communiste français), zum einen weil dieser die Algerienpolitik der Regierung Mollet unterstützte, zum anderen, weil die Partei die Niederschlagung des Ungarnaufstandes durch sowjetische Panzer bejahte. Zum endgültigen Bruch kam es, als Sartre den Prager Frühling als Entwicklung hin zu einem menschlichen Sozialismus begrüßte und den Einmarsch der Warschauer-Pakt-Staaten scharf verurteilte.

Dennoch blieb er ein »homme de gauche«, der gegen den Vietnamkrieg wetterte, der im Mai 1968 auf der Seite der rebellierenden Studenten stand, der sich aber auch für die Freilassung sowjetischer Dissidenten einsetzte. Am Herzen lag ihm der israelisch-palästinensische Konflikt. Er anerkannte die Existenzberechtigung des Staates Israel, kritisierte jedoch als Ursache des Terrors die katastrophalen Lebensverhältnisse, unter denen die Palästinenser zu leiden hatten. 1976 nahm er, der bisher alle Ehrungen – unter anderem den Nobelpreis für Literatur – abgelehnt hatte, die Ehrendoktorwürde der Universität von Jerusalem an, »afin de créer une liaison entre le peuple palestinien que je soutiens et Israël dont je suis l'ami«.[5]

In den letzten Jahren vor seinem Tode wurde es still um Sartre. In schlechter körperlicher Verfassung und fast erblindet, konnte er weder lesen noch schreiben. Außerdem wollte die junge Generation sich nicht mehr der Autorität eines sie belehrenden Vordenkers unterwerfen. Sein gesundheitlicher Zustand hinderte ihn aber nicht daran, sich bis zum Ende zu engagieren. Seine letzte aufsehenerregende Aktion war ein Besuch im Elysée-Palast, bei dem er den damaligen Präsidenten Giscard d'Estaing aufforderte, die sogenannten »boat-people«, Flüchtlinge aus dem nun kommunistischen Vietnam, aufzunehmen.

Als Jean-Paul Sartre am 15. April 1980 starb, folgten 50000 Menschen seinem Sarg auf dem Weg zum Friedhof Montparnasse. Frankreich bekundete Bewunderung und Respekt vor einem Mann, der durch sein Denken und sein Handeln eine ganze Epoche geprägt hat, die sein Biograph Bernard-Henri Lévy nicht zu Unrecht Sartres Jahrhundert genannt hat.

Zum Stück

Nach Aussage seiner Lebensgefährtin Simone de Beauvoir hat Sartre die *Putain respectueuse* in nur wenigen Tagen als Ergänzung zu dem nicht abendfüllenden Einakter *Mort sans sépulture* verfasst.

5 Zit. nach: http://fr.wikipedia.org/wiki/Jean-Paul_Sartre

Das zentrale Thema des Stückes, den Rassismus des weißen Bürgertums, die Unterdrückung der Schwarzen in Amerika, hatte er bereits zuvor, nach einer Reise in die USA, die ihn auch in die Südstaaten führte, in mehreren Artikeln in der Zeitschrift *Les Temps Modernes* beschrieben und dabei sowohl die geistigen Vorstellungen als auch die konkreten ökonomischen Bedingungen aufgezeigt, die dem Rassismus zugrundeliegen. Stoffquelle war Vladimir Pozners 1938 erschienenes Buch *Les États désunis*, eine Sammlung von Reportagen über die USA. Der Autor beschreibt in einem Kapitel einen Vorfall, der sich 1931 in Scottsboro, Alabama, ereignete: Neun schwarze Jugendliche wurden beschuldigt, zwei Prostituierte vergewaltigt zu haben. Von verschiedenen Seiten unter Druck gesetzt, änderten die vermeintlichen Opfer mehrmals ihre Aussage, bezeugten schließlich jedoch – offensichtlich von der Polizei gezwungen – die Schuld der Angeklagten, welche in erster Instanz zum Tode verurteilt wurden.[6]

Bei der Uraufführung am 8. November 1946 wurde das Stück vom Publikum und von der Kritik größtenteils positiv aufgenommen. Für das konservative Bürgertum war es jedoch ein Skandal. Obszön erschien es, eine Prostituierte zur Titelfigur eines Theaterstücks zu machen und dabei auch noch statt des neutralen Begriffs »prostituée« das vulgäre »putain« zu verwenden. Auf Wunsch der Direktion der Pariser Metro, die das Theaterplakat in den Stationen so nicht dulden wollte,

6 Auf Druck der internationalen Öffentlichkeit wurde das Verfahren wieder aufgenommen. Die Beschuldigten wurden am Ende zu mehrjährigen Freiheitsstrafen verurteilt.

wurde der Titel zu *La P... respectueuse* verstümmelt und in dieser Form bei späteren Aufführungen und auch in der gedruckten Fassung bis heute beibehalten. Als skandalös empfunden wurde Lizzies Vulgarität, die in komischem Gegensatz steht zu ihrem kleinbürgerlich anmutenden Sauberkeitsbedürfnis (»Le lendemain matin, c'est plus fort que moi: il faut que je prenne un bain et que je passe l'aspirateur«, S. 10). Schwerwiegender ist der Vorwurf, das Stück sei antiamerikanisch, ein Vorwurf, der in den USA, aber auch in Frankreich erhoben wurde. Ein französischer Kritiker schrieb: »Cette pièce où, deux ans après la libération de Paris, des Américains sont montrés avec le visage de la férocité, de l'imposture et de l'hypocrisie les plus répugnantes, produit un gêne presque intolérable.«[7] Sartre wehrte sich gegen diese Anschuldigungen in einem Leserbrief an die *New York Herald Tribune*: »Je ne suis pas antiaméricain et je ne comprends pas ce que ›antiaméricain‹ veut dire. [...] Le devoir d'un écrivain et sa mission spéciale envers le public est de dénoncer l'injustice partout où elle se trouve, et ceci d'autant plus lorsqu'on aime le pays qui laisse commettre cette injustice.«[8] In ähnlicher Weise verteidigte er sich im Vorwort zur amerikanischen Übersetzung des Stückes.

Sartre schrieb Theaterstücke, um sein philosophisches Denken zu illustrieren und einem Publikum nahezubringen, das mit seinen philosophischen Werken nur wenig anfangen konnte. Er wählte als literarische

7 Michel Contat / Michel Rybalka (Hrsg.), *Les écrits de Sartre*, Paris 1980, S. 136.
8 Ebd., S. 137.

Form das Drama, weil er so am besten mit dem – bourgeoisen – Publikum kommunizieren, es direkt angreifen und auch provozieren konnte.

In einem Zeitungsartikel mit dem Titel »Pour un Théâtre de situations« formulierte er sein Programm: »[...] s'il est vrai que l'homme est libre dans une situation donnée et qu'il se choisit lui-même dans et par cette situation, alors il faut montrer au théâtre des situations simples et humaines et des libertés qui se choisissent dans ces situations.«[9] Diese »situations-limites« müssen so beschaffen sein, dass es nur eine Alternative für den Protagonisten gibt. Außerdem müssen sie so allgemein sein, dass sich jeder Zuschauer angesprochen fühlt: »Plongez des hommes dans ces situations universelles et extrêmes qui ne leur laissent qu'un couple d'issues, faites qu'en choisissant l'issue ils se choisissent eux-mêmes: vous avez gagné, la pièce est bonne.«[10]

Bei seinen programmatischen Ausführungen beruft sich Sartre immer wieder ausdrücklich auf das Vorbild der griechischen Tragödie, und tatsächlich lassen sich viele Merkmale des klassischen Theaters auch in der *Putain respectueuse* wiederfinden. Das Stück ist strukturell eine Tragödie in Kleinformat.

Sartre hält sich an die drei Einheiten: Die Ortseinheit – einziger Schauplatz ist Lizzies Zimmer, die Außenwelt ist durch Geräusche (der Mob auf der Straße) und epische Elemente (Fred beschreibt das Haus des Senators) präsent; die Zeiteinheit – das Stück spielt an einem Tag, das zweite Bild zwölf Stunden nach

9 Jean-Paul Sartre, *Un Théâtre de situations*, Paris 1973, S. 28.
10 Ebd., S. 28.

dem ersten; die Handlungseinheit – es geht um *einen Konflikt,* Lizzie muss sich entscheiden, ob sie die Wahrheit sagt und die Unschuld des Schwarzen bezeugt oder ob sie dem Druck der Weißen nachgibt und die vorgefertigte Falschaussage unterschreibt.

Im Aufbau der Handlung lässt sich das fünfteilige Schema der klassischen Tragödie erkennen:

I, 1: Exposition: Lizzie, die Protagonistin, wird vorgestellt. Sie weigert sich zunächst, dem Schwarzen, der sich bei ihr verstecken will, zu helfen, weil sie keine Schwierigkeiten haben möchte (»J'ai assez d'embêtements dans ma propre vie, je ne veux pas m'appuyer ceux des autres. Va-t'en«, S. 7). Zugleich wird die vorausgehende Handlung angedeutet: Etwas ist in einem Zug geschehen, weshalb der Schwarze beschuldigt und verfolgt wird, obwohl er nichts getan hat. Lizzies Versprechen, wenn sie aussagen muss, die Wahrheit zu sagen, setzt die Handlung in Gang.

I, 2–3: Steigende Handlung: Der Druck, der von Fred und von den Polizisten auf Lizzie ausgeübt wird, damit sie gegen den Schwarzen aussagt, wird immer stärker. Lizzie widersteht jedoch den Drohungen (»J'aime mieux la taule. Je ne veux pas mentir«, S. 34).

I, 4: Peripetie: Durch die geschickte Argumentation des Senators beeindruckt, unterschreibt sie das falsche Zeugnis.

II, 1: Fallende Handlung: Lizzie muss erkennen, dass sie falsch gehandelt hat. Ihre Frage, was mit dem Schwarzen geschieht, beantwortet der Senator nicht. Sie bricht zusammen, als sie draußen Gebrüll und Schüsse hört.

II, 2–4: Retardierendes Moment, es gibt eine Wende in der Handlung, die auf ein positives Ende hoffen lässt. Lizzie ist bereit, den Schwarzen zu verstecken und zu schützen, die Katastrophe scheint abwendbar.

II, 5: Katastrophe: Der Schwarze wird entdeckt, flieht und wird – entgegen Freds Behauptung – vermutlich erschossen. Lizzie ist nicht in der Lage, ihren Revolver zu benutzen, um sich zu wehren. Am Ende unterwirft sie sich Freds sexuellen Wünschen, bereit, in einem goldenen Käfig, wie Fred es ihr anbietet, ihr weiteres Leben zu verbringen.

Es mag verwundern, dass bei Sartre, der stets sein Pariser Theaterpublikum im Blick hatte, das erste Stück, das in einer sozialen Realität spielt, die amerikanische Rassenproblematik zum Thema hat, ein Thema, das anscheinend wenig auf das französische Publikum Bezug nimmt. Tatsächlich geht es in dem Stück aber nicht um Amerika, es ist vielmehr ein Angriff auf die verhasste Bourgeoisie – Sartre nannte sie »les salauds« –, die aus ihrem Besitz und ihrem materiellen Erfolg ein von Gott verliehenes Existenzrecht herleitet. Wenn er als Schauplatz seines Dramas einen Staat im Süden der USA auswählte, so deshalb, weil anhand der Situation der Schwarzen Unterdrückung und Ausbeutung bis hin zur physischen Vernichtung des Proletariats durch das weiße Bürgertum am deutlichsten gezeigt werden konnte.

Fred und sein Vetter Thomas sind auf der Welt, um »Chefs« zu werden wie ihre Väter. Diesen Rechtsanspruch leitet Fred aus einer Fülle von Vorfahren ab – Kriegshelden, Senatoren, Gouverneure –, die das Land geschaffen haben: »Mon père est sénateur; je serai sénateur après lui […]. Nous avons fait ce pays et son histoire est la nôtre« (S. 64). – »J'ai le droit de vivre, il y a beaucoup de choses à entreprendre et l'on m'attend« (S. 64), sagt er zu Lizzie, die ihm daraufhin den Revolver, den sie auf ihn gerichtet hat, aushändigt. Ganz ähnlich argumentiert Lucien Fleurier in der 1939 erschienenen Erzählung *L'Enfance d'un chef*. Lucien, Sohn eines Fabrikbesitzers, erfährt bereits als Kind, dass sein Vater ein »Chef« ist, der deshalb nicht in den Krieg ziehen muss: »Monsieur Fleurier revint au mois de mars parce que c'était un chef et le général lui avait dit qu'il serait plus utile à la tête de son usine [...]«[11]. Bei Spaziergängen mit seinem Vater stellt er mit Genugtuung fest, dass die Arbeiter respektvoll ihre Mütze abnehmen, während sein Vater seinen Hut aufbehält. Wie Fred denkt er, dass ihm ein besonderes Recht zu existieren zusteht: »Déjà – bien avant, même, le mariage de son père – on l'*attendait*; s'il était venu au monde, c'était pour occuper cette place: ›J'existe, pensa-t-il, parce que j'ai le droit d'exister‹«.[12] Es zeigt sich also, dass es nicht etwa amerikanische, sondern bourgeoise Argumentationsmuster sind, derer sich Fred bedient, um den sozialen Status quo zu rechtfertigen.

Aufgrund seiner sozialen Stellung können er und seine Familie prinzipiell nicht schuldig sein:

> LIZZIE. Puisqu'il a tué, il est coupable.
> FRED. Coupable de quoi?
> LIZZIE. D'avoir tué!
> FRED. Mais c'est un nègre qu'il a tué.
> LIZZIE. Eh bien?
> FRED. Si on était coupable chaque fois qu'on tue un nègre ... (S. 26)

11 Jean-Paul Sartre, *L'Enfance d'un chef*, Paris 2003, S. 19.
12 Ebd., S. 128.

Seinen Vetter Thomas nennt er »un homme de bien«. Dessen Untaten – juristisch betrachtet Mord und sexuelle Nötigung – sind in seinen Augen Bagatellen, weil er als Chef unangreifbar ist: »Il a relevé tes jupes, il a tiré sur un sale nègre, la belle affaire; ce sont des gestes qu'on a sans y penser, ça ne compte pas. Thomas est un chef, voilà ce qui compte« (S. 27f.).

Da ein Chef geboren wurde, um Chef zu sein, ist das Gute von vornherein auf seiner Seite. Der Schwarze ist schon aufgrund seiner dunklen Hautfarbe die Inkarnation des Bösen: »Fred: Ça porte toujours malheur de voir des nègres. Les nègres, c'est le diable.« (S. 14). Auch Lizzie gehört in Freds manichäischem Weltbild zur Welt des Bösen, der Nacht, der Finsternis, weil sie seine geheimen sexuellen Wünsche erfüllt, die gemäß seiner puritanischen Sexualmoral sündhaft sind. Er versucht, die mit ihr verbrachte Liebesnacht zu verdrängen, indem er sie auffordert, das Bett zuzudecken (»Ça sent le péché«, S. 11), die Fenster und die Vorhänge zu schließen, um das Tageslicht aus dem Zimmer zu verbannen. Er behauptet ständig, sich an nichts zu erinnern, und als Lizzie ihm mit leisem Spott die Vorgänge der letzten Nacht im Detail schildert, bedroht er sie – wenn auch nur spielerisch – mit dem Tode: »Je te serre le cou. [...] Si je serrais un peu plus, il n'y aurait plus personne au monde pour se rappeler cette nuit.« (S. 17). Auf Lizzies Frage, warum er mit ihr geschlafen habe, obwohl er sich vor körperlicher Liebe ekelt, verweigert er die Antwort. Sein Selbstbild als moralisch guter Mensch kann er nur aufrecht erhalten, indem er der jungen Frau magische Kräfte unterstellt, mit denen sie ihn verhext und zur Sünde verführt habe: »Qu'est-ce que tu m'as fait? [...]

Je te vois partout, je vois ton ventre, ton sale ventre de chienne, je sens ta chaleur dans mes mains, j'ai ton odeur dans les narines« (S. 61).

Manche Kritiker haben bemängelt, es sei wenig wahrscheinlich, dass Lizzie, diese selbstbewusste junge Frau, diese mit allen Wassern gewaschene Prostituierte, sich durch die Rede des Senators so beeindrucken lässt, dass sie die Falschaussage schließlich doch unterschreibt. Eine genauere Analyse der Protagonistin erweist jedoch, dass ihr Verhalten durchaus plausibel ist.

Schon in der ersten Szene wird klar, dass es ihr keineswegs darum geht, den Schwarzen zu retten. Sie denkt gar nicht daran, bei Gericht für ihn auszusagen oder gar den Fall in der Presse publik zu machen. Sie verspricht lediglich, die Wahrheit zu sagen, falls man sie zu einer Aussage zwingt, ein Versprechen, das sie dem Schwarzen gibt, um ihn möglichst rasch loszuwerden. Als er sie bittet, ihn zu verstecken, knallt sie ihm die Türe vor der Nase zu. Eine Sympathie für den Schwarzen kann nicht aufkommen, weil sie sich den Rassismus der Gesellschaft, welche sie ausgrenzt und verachtet, paradoxerweise zu eigen gemacht hat. Wie alle Weißen duzt sie den Schwarzen und demonstriert so ihre soziale Überlegenheit. Der Schwarze zeigt seine Unterlegenheit durch sein ständiges »s'il vous plaît, madame« (S. 6 f.) – er sagt es drei Mal, bevor er überhaupt erklärt, was er von ihr will. Seine Verzweiflung und seine Todesangst berühren sie nicht. Sie will nur eines: »Pas d'histoires« (S. 9). Fred gegenüber erklärt sie: »Je n'ai rien contre eux, mais je ne voudrais pas qu'ils me touchent« (S. 24). Und obwohl sie sich in II, 2 bereit erklärt, ihn für eine Nacht zu verstecken, ändert das nichts an ihrer Abneigung gegenüber Schwarzen: »Ne me touche pas: je n'aime pas les nègres« (S. 53).

Lizzie und der Schwarze sind beide Opfer der bürgerlichen Gesellschaft. Während er jedoch außerhalb dieser Gesellschaft steht und keine Chance sieht, seine Lage zu ändern, ist Lizzie ein – wenn auch verachteter – Teil von ihr. Ihr Dasein am Rande der Gesellschaft führt nun nicht dazu, dass sie diese Ordnung in Frage stellt oder sich sogar gegen sie auflehnt. Im Gegenteil, sie ist bemüht, sich der Bürgerlichkeit der herrschenden Klasse anzupassen, deren Regeln und Wertvorstellungen, deren hierarchische Struktur sie respektiert.[13]

Ihr Zimmer will sie zu einem bürgerlichen Heim machen. Sie räumt auf, ordnet die Stühle rund um den Tisch (»c'est plus distingué«, S. 12) und wünscht sich als Wandschmuck das Bild einer alten Großmutter, die strickt und dabei ihren Enkelkindern eine Geschichte erzählt. Geordnete Verhältnisse soll es auch bei ihrem Broterwerb geben: »Mon idéal, ce serait d'être une chère habitude pour trois ou quatre personnes d'un certain âge« (S. 14 f.). Als Fred ihr ein Familienfoto zeigt, um zu beweisen, dass er der Sohn des Senators ist, ist sie derart fasziniert, dass sie ihren Zorn über die schäbigen zehn Dollar, mit denen Fred

13 Der Titel der Neuübersetzung *Die respektvolle Dirne* ist also vorzuziehen. Ehrbar im Sinne von ›achtbar, gemäß den moralischen Normen lebend‹ ist Lizzie nicht. Ehrenwert wäre sie, wenn sie sich zur Wahrheit bekennen und nicht unterschreiben würde, woran sie ihr Respekt vor der bürgerlichen Gesellschaft hindert. Vgl. hierzu: Wolfgang Hierse, *Jean-Paul Sartre. Das dramatische Werk II*, Hollfeld 1988, S. 33 f.

sie entlohnen wollte, sofort vergisst: »Lizzie (*subitement calmée*): Dis donc! Ce qu'il est bien, ton père« (S. 20). Sie bewundert den Reichtum und den Lebensstil der High Society, den sie vermutlich aus entsprechenden Filmen kennt. Ihre Sehnsucht nach Integration in die Klasse, deren Opfer sie ist, wird ihr zum Verhängnis, weil der Senator genau hier ansetzt, um sie umzustimmen.

Indem er sie vor den brutalen Übergriffen seines Sohnes und der Polizisten schützt, gewinnt er ihr Vertrauen. Er siezt sie, zeigt Verständnis für ihren Standpunkt und scheint bereit, ihre Entscheidung zu akzeptieren. Beim Abschied erwähnt er den Namen seiner Schwester, der Mutter des Täters, »une pauvre chère vieille qui va en mourir« (S. 37), und führt ihr dann in der Ich-Form ihre eigenen Gedanken, Wünsche und Sehnsüchte vor Augen: »Et moi qui suis sans famille, que le destin a relégué au ban de la société, il y aurait une petite vieille toute simple qui penserait à moi dans sa grande maison, il y aurait une mère américaine qui m'adopterait dans son cœur« (S. 38).

Erst jetzt, nachdem er sie auf emotionaler Ebene massiv unter Druck gesetzt hat, beginnt er zu argumentieren, und zwar im Namen der amerikanischen Nation: Die Existenz des Schwarzen ist sinn- und nutzlos, da er ungewollt, zufällig geboren wurde und nichts Nützliches für die Nation tut. Thomas dagegen hat zwar einen Schwarzen umgebracht, ist aber ein echter Amerikaner. Herkunft und Beruf machen ihn zum Chef, der seine Pflichten gegenüber dem Staat als Offizier, als Arbeitgeber und als Bollwerk gegen alles ›Unamerikanische‹ – Kommunismus, Gewerkschaftsbewegung, Juden – zu erfüllen hat. Daraus ergibt sich die scheinlogische Folgerung: »Il a le devoir de vivre et toi tu as le devoir de lui conserver la vie. C'est tout. À présent, choisis« (S. 42).

Dazu ist Lizzie jedoch nicht in der Lage. Sie bewundert die Rhetorik des Senators (»Ce que vous parlez bien«, S. 42), verstanden hat sie seine Ausführungen offenbar nicht. Erst als der Senator sie der Liebe seiner Schwester versichert (»Elle vous aimera de loin comme sa fille«, S. 43) und sie damit gleichsam in seiner Familie aufnimmt, als er ihr die Zuneigung der ganzen Stadt in Aussicht stellt und als er die Honoratioren der Stadt als Zeugen aufführt, die sich nicht geirrt haben können, erst dann lässt sie sich die Hand führen und unterschreibt.

Zwei Vorwürfe wurden dem Stück von kommunistischer Seite gemacht: Statt eines revolutionären Kämpfers zeige Sartre einen vor Angst und Respekt zitternden Schwarzen, der seine eigene Minderwertigkeit und Schlechtigkeit derart internalisiert hat, dass er sich gegen seine Unterdrücker nicht zu wehren vermag. Sartre wies diese Kritik zurück, indem er darauf hinwies, dass die Schwarzen Amerikas keine Revolutionäre seien, dass es ihnen lediglich darum ginge, von den Privilegien der Oberschicht etwas abzubekommen.

Der zweite Vorwurf betraf den pessimistischen Schluss des Stückes. In der Kinofassung[14], zu der Sartre selbst das Drehbuch schrieb, hat er dieser Kritik Rechnung getragen, weil ein Film ein überwiegend

14 *La Putain respectueuse* (1952), Film von Charles Brabant und Marcello Pagliero nach dem gleichnamigen Theaterstück von Jean-Paul Sartre, mit Barbara Laage und Ivan Desny in den Hauptrollen.

proletarisches Publikum habe, dem er durch das negative Ende nicht die Hoffnung auf die eigene Befreiung nehmen wolle. Im Film wird Lizzie zur echten Heldin, die den Schwarzen mit der Pistole in der Hand vor dem Mob schützt, bis die Polizei sie beide in Gewahrsam nimmt. Im Polizeiwagen fasst Lizzie, die noch in der vorigen Szene jeden physischen Kontakt barsch abgelehnt hat, den Schwarzen bei der Hand und beide lächeln sich unter dem erstaunten Blick der Polizeibeamten glückselig zu. Dieser doch allzu sentimentale Schluss mag dem Publikum gefallen haben, überzeugend ist er nicht.

Bernd Krauss

Inhalt